D1728194

Jamil Hussein Al-Saadi

Der Nachlaß des Glasperlenspielers

Roman

Aus dem Arabischen von
Angela Tschorsnig

papyri

Jamil Al-Saadi wurde 1952 in Bagdad geboren. 1973 machte er Diplom in Betriebswirtschaft an der Universität Bagdad. Er verließ den Irak endgültig 1979, kam nach Deutschland und ließ sich in Berlin nieder, wo er bis heute lebt. Sein erster Gedichtband erschien 1975 unter dem Titel "Die Flammen" im AL-HAWADITH Verlag (Dar al-Hawadith lin-Nasher) Bagdad. Er veröffentlichte 1980 einen zweiten Gedichtband mit dem Titel "Briefe von außerhalb der Grenzen" im Verlag "Haus des Wissens" (Dar al-Ma'arif lin-Nasher) in Beirut. 1988 Magister in Germanistik an der Freien Universität Berlin. Im gleichen Jahr begann er mit dem Schreiben des Romans "Der Nachlaß des Glasperlenspielers", den er 1989 beendete. Er arbeitete zwischen Mitte 1992 und Mitte 1993 in der Orient-Abteilung der Staatsbibliothek Berlin an der Untersuchung arabischer Handschriften. Eine Anzahl seiner Gedichte wurden in verschiedene Sprachen übersetzt. Ferner erschienen Artikel und Gedichte von ihm in deutschen Zeitungen und Zeitschriften.

CIP - Kurztitel der Deutschen Bibliothek

Verfasser: Assa'idi Gamil Husayn
Titel Der Nachlaß des Glasperlenspielers
1. Auflage 1995
Einheitssachtitel: Tarikat La'ib Alkurayyat azzugagiyya (arab.)
papyri Verlag Berlin 1995
ISBN 3-9804105-0-1

papyri Verlag
Postfach 10 06 26
10566 Berlin

Inhaltsverzeichnis

Widmung

Deine Worte klingen heute noch. genauso lebendig in meinem Ohr wie damals vor zehn Jahren. Sie haben nichts von ihrer Eindringlichkeit eingebüßt, es ist als hörte ich sie gerade jetzt: "Laß dir deine Reinheit und deine Güte nicht nehmen, mein Sohn, wie hart es dich auch treffen, wie schwer die Zeit auch sein mag. Denke daran, mein Sohn, daß die Guten am Ende siegen werden."

Dir, die du in keiner Schule gelernt, an keiner Universität studiert hast, widme ich diese Seiten, in Hochachtung vor deiner Güte, die die Tragödien, die wir zusammen durchlebt haben, nicht im Geringsten trüben konnten, und in stolzer Bewunderung des Grades deiner Weisheit, den wir, die wir uns unser Leben lang mit Büchern beschäftigen, noch immer nicht erreicht haben.

Ein Wort an den Leser

Die Stadt X steht nicht für eine bestimmte Stadt, sondern symbolisch für alle Städte, die durch die Epochen der Geschichte belagert wurden. Ich verwende diese Bezeichnung im übertragenen Sinn für diejenigen Bestrebungen der Menschheit, die versuchen, außerhalb der üblichen Bahnen ihre eigene Dynamik zu entwickeln. Sie stehen unter Belagerung, denn sie halten sich nicht an die von alters her geltenden Spielregeln.

Die Bedeutung des Dorfes der Verrückten ist im Zusammenhang mit der Neutralität zu sehen, die nicht in der Lage ist, ihre Position zu behaupten. Sie muß sich beugen, damit die Dynamik über sie hinweggehen und ihr eigentliches Ziel erreichen kann.

Notwendiges Wort zum Geleit

Die Idee zu dieser Erzählung geht auf die Zeit zurück, in der ich mit den Vorarbeiten zu meiner Magisterarbeit im Fach Moderne Deutsche Literatur beschäftigt war. Thema der Arbeit war der Roman "Das Glasperlenspiel" des deutschen Schriftstellers Hermann Hesse.

Fünf Monate brachte ich damit zu, mich von wissenschaftlicher, literarischer und philosophischer Seite in Hesses Werk zu vertiefen. Die Magisterarbeit war jedoch nicht das endgültige Ergebnis, mit dem ich dieses eingehende Studium beenden wollte. Vielmehr erwachte in mir der heftige Wunsch, diesem langen Roman eine Erzählung aus meiner Feder anzufügen. Hierbei stellt sich die Frage: Warum eigentlich eine Fortsetzung des "Glasperlenspiels"? Weil der sechshundert Seiten starke Roman das Material nicht erschöpfend behandelt hat? Oder weil die Handlung nicht zu Ende gebracht wurde?

Die Antwort auf diese Frage ist auf den letzten Seiten des "Glasperlenspiels" zu finden. Die Hauptfigur des Romans, Josef Knecht, stirbt dort eines plötzlichen und unerwarteten Todes, ein Ereignis, das aus dem logischen Ablauf der Gesamthandlung herausfällt. Der Held tritt ab, ohne daß der Autor uns irgendeine Art der Erklärung für sein ruhmloses Ende an die Hand gibt. Was mag wohl den Verfasser dazu veranlaßt haben, seinen großartig angelegten Roman in dieser Weise zu beenden? Manche Kritiker sind der Auffassung, Hesse habe nach den langen Jahren, in denen er den Roman geschieben hat, genug davon gehabt, und einen Schlußstrich ziehen wollen. Hierin sei der Grund für das überraschende Ende zu suchen. Diesem Verstandnis stimme ich persönlich jedoch; nicht zu. Wenn man eins nach dem andern die Kapitel des Romans ansieht, ist keinerlei Anzeichen von Ermüdung oder Überdruß festzustellen, das Handlungsgefüge ist in harmonischer Weise fortlaufend miteinander verknüpft. Auch in sprachlicher Hinsicht ist die ausgefeilte Form bis zur letzten Zeile gewahrt. Der einzige Vorwurf, der dem Autor zu machen wäre, ist, daß er zu früh aufgehört hat. Weiterzumachen hätte bedeutet, daß er das Geheimnis um den Selbstmord des Glasperlenspielmeisters gelüftet und Hinweise oder Andeutungen gegeben hätte, aus denen hervorgeht, was der Anlaß oder die Motive dafür waren. Wenn der Autor der Überzeugung war, es sei nicht notwendig gewesen, den Roman fortzusetzen, dann deshalb, weil der Tod der Hauptfigur das natürliche Ende des Werks darstellt. Was danach gekommen wäre, hätte nur noch sekundäre Bedeutung gehabt, denn der Bezug zum Handlungszentrum hätte gefehlt. Der Autor hätte allerdings diesen Tod dann so vorbereiten müssen, daß sein plötzliches Eintreten verständlich gewesen wäre. Die Hauptfigur aus dem "Glasperlenspiel" ist ja schließlich kein Held aus der komischen oder der absurden Literatur, in der der Handlungsablauf nicht von Logik bestimmt ist, in der auch Ursachen und Rechtfertigungen nicht mehr erkennbar sind, sondern der es auf die Darstellung des Zufalls und des Unbewußten ankommt. Nachdem ich das "Glasperlenspiel" mehrfach durchgelesen hatte, entdeckte ich daß darin Hinweise auf eine andere Dimension enthalten waren, die von Hermann Hesse bei der Gestaltung des Romans jedoch nicht konkretisiert wurden. Sie entziehen sich deshalb dem Leser, und auch dem Verfasser selbst sind sie verborgen geblieben, auch wenn er ihr Vorhandensein in der ein oder anderen Weise gespürt hat. Daß die andere Dimension im "Glasperlenspiel" fehlt, ist der Grund dafür, daß Hermann Hesse seinen Roman als "Versuch" bezeichnet hat. Er war sich nicht vollständig sicher, welche Ergebnisse und Lösungen dabei herauskommen würden, denn da gab es einen unbekannten Faktor, er spürte, daß etwas fehlte.

Ich überlegte mir, wie wohl diese andere Dimension beschaffen sein mußte, und stellte mir die Frage, worin sie wohl bestehe. Konnte es sein, daß sie mit der vierten Dimension nach Einsteins Relativitätstheorie vergleichbar war? Das schien mir denn doch nicht das Richtige zu sein. Ein Spiel ist schließlich eine menschliche Erfindung und deshalb sind seine Formen und Dimensionen identifizierbar und erklärbar. Zuletzt begriff ich, daß die andere Dimension nichts anderes ist, als jenes allumfassende Spiel mit seinen zahlreichen Aspekten, das in jedes Spiel Eingang findet und anstatt der Glasperlen die Menschen in mathematische Gleichungen mit Unbekannten einsetzt. Ein Spiel, dessen Regeln allgemeine Gültigkeit haben und alles steuern so auch das Glasperlenspiel und die geistige Provinz Kastalien, die die Einflüsse der Realität von sich fernhielten, um die Traditionen des Geistes vor den Stürmen der Zeit und einander bekämpfenden Interessen zu schützen. In meiner vorliegenden Erzählung mit dem Titel "Der Nachlaß des Glasperlenspielers habe ich Symbole verwendet, die den von Hermann Hesse in seinem Roman "Glasperlenspiel" gegenübergestellt sind. Die Stadt X ist der Gegensatz zu Kastalien, das Dorf der Verrückten der Gegensatz zum Spielerdorf. Im "Glasperlenspiel" kommen professionelle und Amateur-pieler an einem Ort zusammen, der mit "Spielerdorf" bezeichnet ist, um dort nach allen Regeln der Kunst das Glasperlenspiel zu pflegen.

In meiner Erzählung, "Der Nachlaß des Glasperlenspielers" finden sich Personen, die sich den Spielregeln widersetzt haben, an einem Ort mit Namen "Dorf der Verrückten" zusammen. Dort wird nicht das Glasperlenspiel gespielt, sondern das Spiel ist bestimmt von der ihre Bahnen durchziehenden menschlichen Dynamik mit ihren zahlreichen Schnittpunkten.

Der Brief

Nach dem Tod des Glasperlenspielmeisters Josef Knecht war in der Familie Designori eine große Leere spürbar, unter der besonders Tito litt. Der Junge war bis dahin ausgesprochen lebendig und aufgeweckt gewesen, nun grübelte er wieder und wieder über den plötzlichen Tod seines Lehrers nach, wurde schweigsam und zog sich in sich selbst zurück.

Titos Vater, Plinio Designori, erlitt durch Knechts Tod einen nicht zu ersetzenden Verlust. Das gütige Wesen und die hohen geistigen Fähigkeiten des Glasperlenspielmeisters hatten in ihren Diskussionen, ganz gleich welche Fragen dabei zur Sprache kamen, immer sehr positiv gewirkt. Plinio hatte aus diesem Grund in ihm eine Art geistigen Führer gefunden, auf den er nur schwer verzichten konnte.

Von nicht geringerer Bedeutung als die uns bekannten Ereignisse im Leben des Glasperlenspielmeisters Josef Knecht aus der Zeit von seinem Eintritt in die kastalische Welt bis zu seinem Tod sind diejenigen, die bislang in Vergessenheit geraten sind. Von diesen den Schleier gelüftet zu haben ist einzig das Verdienst seines Schülers Tito, dem gerade der Tod seines geliebten Lehrers Anlaß war, sich mit allen ihm zur Verfügung stehenden Mitteln und ohne Rücksicht auf das eigene Leben darum zu bemühen, einen Sinn hinter dem schicksalhaften Ende Knechts zu finden. Jahre vergingen, ohne daß er auf eine Spur gestoßen wäre, die er hätte aufgreifen können, um das in die Tat umzusetzen, was sich später als seine Lebensaufgabe erweisen sollte. Auch als Tito schon fast zwanzig Jahre alt war, -der Tod des Glasperlenspielmeisters lag nun schon lange Zeit zurück und man sprach in der Familie Designori nur noch selten von ihm- war die Erinnerung an seinen Lehrer in ihm noch genauso lebendig wie unmittelbar nach dessen Tod.

Zahlreiche Dinge hielten diese Erinnerung wach, die Bücher, die Knecht im Hause Designori hinterlassen hatte, sein Studierzimmer, die Allee, die Tito mit ihm jeden Samstagnachmittag auf ihren gemeinsamen Spaziergängen entlanggegangen war. Auf der Suche nach einer einsichtigen Erklärung für Knechts plötzlichen Tod ging Tito jeder Andeutung nach, um soviel Informationen als möglich über ihn zusammenzutragen, er unternahm ausgedehnte Reisen, traf sich mit alten Bekannten Knechts, führte endlose Unterhaltungen. Aus den Äußerungen und Ansichten seiner Gesprächspartner so hoffte er, würde sich ein Konzept für das Seelenleben des Verstorbenen ablesen lassen. Was er in Erfahrung brachte, erhellte jedoch in keiner Weise das undurchsichtige Rätsel um Knechts Tod, sondern verstärkte eher noch Titos Ratlosigkeit, es stellten sich nach einiger Zeit sogar Zweifel an der Aufrichtigkeit der Aussagen ein. Tito mußte erkennen, daß die Aufgabe, die er sich selbst gestellt hatte, keineswegs leicht zu lösen war. Bisweilen kam er nicht voran, weil einige von Knechts ehemaligen Lehrern selbst nicht mehr unter den Lebenden weilten, bisweilen wollten ihm auch die Befragten nicht alles, was sie wohl wußten, sagen. Sie verheimlichten ihm ganz offenbar bestimmte Dinge, möglicherweise hörten sie auch hinter Titos Fragen manchmal einen Vorwurf anklingen. So brachten seine "Erkundungsfahrten" Tito nicht den gewünschten Aufschluß und Erfolg.

Was dann in einer kalten Januarnacht geschah, als Tito gemütlich am Kaminfeuer saß und in einem der Bücher aus Knechts Bibliothek blätterte, grenzte in seinen Augen fast an ein Wunder. Er entdeckte nämlich zwischen den

Seiten einen Brief, den er hastig herausnahm und zu lesen begann.

"Von M. an Herrn Josef Knecht

Es bereitet mir wirklich erhebliche Sorgen, daß mich kein Brief mehr von Ihnen erreicht, zumal mich der Inhalt Ihres letzten Briefes schon stark beunruhigt hatte. Es sind jetzt sage und schreibe acht Monate vergangen, seit ich ihn erhalten habe. Ich habe diesem letzten Brief entnommen, daß Sie in Ihrem Innern die Verbindung zwischen der Welt des Verstandes und der des Gefühls nicht mehr herstellen können, daß diese Verbindung abgerissen ist. Daraufhin stand für mich zweifelsfrei fest,- ich muß es Ihnen ehrlich gestehen, lieber Freund - daß Sie eine schwere Krise durchzumachen hatten. Auch aus den anderen Briefen davor habe ich schon einen dahingehenden Eindruck gewonnen, nach allem, was Sie mir an geheimsten innersten Regungen anvertraut haben, darunter Dinge, die Sie nicht einmal Ihre Lehrer und engsten Freunde wissen ließen. Die Gründe dafür haben Sie mir ja ausführlich genug dargelegt. Eine Stelle in einem der Briefe hat mich besonders berührt und nachdenklich gemacht, da heißt es: Dies ist nun das Ende seiner Exkursionen in die geistige Welt. Nun bin ich an derselben Stelle angelangt, von der aus ich aufgebrochen bin. Und ich habe nichts dazugewonnen, woraus ich Gewißheit und Trost schöpfen könnte. Mein Leben hat sich ganz einfach in zwei einander völlig gegensätzlichen Welten abgespielt. Ich habe nach wie vor den Eindruck, weder hier noch da etwas dazugewonnen zu haben. Ich muß Ihnen recht geben, Sie drehen sich noch in derselben Bahn um denselben Punkt. Und selbst wenn es am Ende darauf hinauslaufen sollte, daß Sie lediglich die entgegengesetzte Richtung einschlagen, so ist doch der entscheidende Punkt im Augenblick der, daß Sie Ihre Seele in der jetzigen Situation schadlos bewahren. Worin wäre sonst der Sinn dafür zu suchen, daß Sie sie aus der vorherigen Situation gerettet haben. Unsere Stadt ist nach wie vor -das geht nun schon vier Jahre so- von allen Seiten belagert. Von dem Tag, an dem wir unser Manifest veröffentlicht haben bis zum heutigen, an dem ich Ihnen diesen Brief schreibe, leiden wir hier unter dem Belagerungszustand mit allem, was das mit sich bringt.

Unsere Problematik, werter Freund, ist der Ihren verblüffend ähnlich, es besteht da nur ein entscheidender Unterschied, und der liegt im Ziehen der Konsequenzen. Um noch deutlicher zu werden: Sie üben Kritik, beurteilen die Dinge und kämpfen dagegen an, aber Sie scheuen davor zurück, eindeutig zu sagen, auf welcher Seite sie stehen. Wir hingegen haben zu unserem Standpunkt gefunden und uns offen dazu bekannt. Glauben Sie bitte nicht, wir hätten nicht gewußt, wie hoch der Preis dafür sein würde, aber wir haben dafür die Zweifel, die Unentschlossenheit, die Leere vermieden, vor der Sie nun stehen. Wie gesagt, der Unterschied zwischen Ihnen und uns ist keinesfalls im Verständnis der Dinge zu suchen, er liegt sozusagen nicht in der Theorie, sondern einzig und allein in der Praxis, nicht in der Darstellung, sondern in der Einstellung. Bevor ich meinen Brief schließe, möchte ich Sie nun inständig bitten, von sich hören zu lassen. Es interessiert mich brennend, zu welchem Ergebnis Sie bei Ihren Nachforschungen und Betrachtungen gekommen sind.

Es grüßt Sie von Herzen
Ihr Freund M."

Tito war höchst erstaunt und gleichzeitig verwirrt über das, was er da gelesen hatte. Er starrte in die Flammen und dabei schossen ihm unzählige Fragen durch den Kopf. Wie sah das Verhältnis Knechts zur Stadt X eigentlich aus? Warum hatte er ausgerechnet diesen M. ausgewählt, um ihm seine innersten Geheimnisse anzuvertrauen? Was war das Ganze doch für eine verworrene rätselhafte Geschichte! Tito gab sich eine ganze Weile seinen Gedanken hin, dann nahm er sich den Brief ein zweites Mal vor und ging ihn noch einmal Zeile für Zeile in Ruhe durch. Auf einmal spürte er, wie sich eine andere Welt vor ihm auftat, die Vertrauen in ihm weckte. Er spürte Mut in seinem Herzen aufsteigen. Warum sollte er nicht einen Vorstoß in diese Welt wagen? Er würde es schaffen, das Rätsel um Leben und Tod seines Lehrers zu lüften. Seine Gedanken wanderten zur Stadt X, zur Belagerung und zu Herrn M., der offenbar sehr viel über den Glasperlenspielmeister wußte. Über die Stadt selbst hatte Tito schon einiges gehört, die Informationen waren allerdings sehr widersprüchlich. Das mochte auch der Grund sein, weshalb manche diese Stadt ganz einfach nur für ein Gerücht hielten. Meistens jedoch entzündeten sich die Gemüter an diesem Thema, es bildeten sich verschiedene Parteien. Die einen sahen in ihr ein übles Geschwür, das so schnell wie möglich restlos zu entfernen sei, bevor es sich ausbreitete und andere Teile der Welt befiel. Für die anderen war die Stadt X der typische Fall einer außer Kontrolle geratenen Gemeinschaft, in der fanatische Kräfte die Oberhand gewonnen hatten, und es war ihrer Meinung nach am besten, wenn man ihr besonnen und geduldig begegnete, bis sie wieder zur Vernunft gekommen war. Es gab auch Stimmen, die meinten, so etwas sei typisch für eine Zeit, in der es keine Gerechtigkeit mehr gebe, Gewalt verherrlicht werde und die Schwachen keine Chance hätten. Mit solcherlei Fragen setzte sich Tito allerdings nicht auseinander, sein Interesse an der Stadt galt in der Hauptsache diesem Herrn M., von dem er die letzte Wahrheit über seinen Lehrer zu erfahren hoffte. Wenn Tito also wachsam jede Meldung registrierte, die irgendwie mit der Stadt X in Beziehung zu stehen schien, dann deshalb, weil er dort hinfahren wollte, obwohl das sich angesichts der isolierten Lage der Stadt zunächst als schier aussichtsloses Unterfangen darstellte. Tito merkte, daß ihm das Grübeln hier nicht weiterhalf, ob er reisen konnte oder nicht, würde sich erst später entscheiden. Mehrere Tage vergingen, in denen nichts geschah. Einige gewaltige Hürden waren zu überwinden, bevor Tito überhaupt ernsthafte Pläne schmieden konnte. Zuerst einmal galt es, seinen Eltern die Zustimmung zu so einem gewagten Unternehmen abzuringen, allein bis dahin war es auf jeden Fall ein weiter Weg. Das andere große Problem war das Reiseziel, denn die Verbindung zwischen X und den meisten anderen Städten war wegen der zunehmenden Spannungen völlig abgerissen, nur einige, die nach außen hin Neutralität wahrten, schienen noch Kontakte nach dorthin zu unterhalten. Es war mithin auf jeden Fall sehr schwierig, unter Umständen sogar völlig unmöglich, dieses Ziel überhaupt zu erreichen. Über all das war sich Tito völlig im klaren, ließ sich aber nicht davon entmutigen. Er war nach wie vor entschlossen, das Wagnis einzugehen, er glaubte daran, daß es einen Weg gab, auf dem er in die Stadt X kommen würde. In der Folge setzte er sich mit verschiedenen Leuten in Verbindung, von denen er sich genauere Informationen erhoffte, und sprach mit ihnen verschiedene Möglichkeiten durch. Er bekam dabei zwar immer wieder den Rat, er möge doch seinen Entschluß rückgängig machen, ein solches Unterfangen sei viel zu riskant und im Grunde völlig aussichtslos, aber seine Gesprächspartner erläuterten ihm doch bereitwillig, wo die besonderen Gefahren bei dieser und jener Möglichkeit lagen. Auf diese Weise erhielt Tito wertvolle Hinweise. Immer deutlicher kristallisierte sich ein konkreter Plan dabei heraus. Sein Vorhaben rückte nun in den Bereich der Wirklichkeit, und bald stand er mitten in den Vorbereitungen für seine Reise. Darüber traten seine Bedenken und Zweifel in den Hintergrund und er zermarterte sich auch nicht mehr den Kopf darüber, wie sein Vater und seine Mutter wohl reagieren würden, wenn er ihnen eröffnete, was er da vorhatte. Den Eltern blieben derweil die Aktivitäten ihres Sohnes nicht verborgen, und sie fragten sich verwundert, was er wohl im Schilde führte.

Eines Morgens dann sprach der Vater Tito darauf an. "Ich habe den Eindruck, du bist in letzter Zeit mit etwas sehr Wichtigem beschäftigt, mein Sohn, stimmt das?"

"Ja, du hast Recht, Vater," gab Tito unumwunden zu. "Und warum erfahre ich davon nichts? Willst du deine Pläne vor mir geheimhalten?"

"Im Grunde wollte ich es dir nicht verschweigen, ich wollte nur erst alle Vorbereitungen abschließen. Es wäre jetzt sowieso an der Zeit gewesen, daß ich dich von mir aus anspreche.

Eigentlich wollte ich es dir gleich am Anfang sagen, aber dann habe ich es immer wieder hinausgeschoben, weil ich von vornherein wußte, du würdest nicht damit einverstanden sein. Inzwischen ist die Sache aber so wichtig für mich geworden, daß ich auf dein Einverständnis keine Rücksicht mehr nehmen kann. Mein Entschluß steht fest, er brennt in meinem Herzen, und dieses Feuer ist nicht mehr zu löschen."

Es dauerte einige Augenblicke, bis Plinio die Tragweite des Gesagten erfaßt hatte, so hatte er seinen Sohn noch nicht erlebt.

"Ich verstehe dich immer noch nicht", brach er dann das Schweigen, "was hast du denn nun eigentlich vor?"

Tito senkte den Kopf und heftete seine Augen auf den Boden. Er sammelte sich kurz. Sein Mut und seine Entschlossenheit hatten nun ihre erste große Bewährungsprobe zu bestehen. Er blickte auf und sah seinem Vater fest in die Augen.

"Ich habe vor, in die Stadt X zu reisen, gab er mit sicherer Stimme zur Antwort, denn dort leben Freunde von Josef Knecht, die Dinge über ihn wissen, von denen wir nicht die geringste Ahnung haben. Ich verspreche mir von dieser Reise Aufschluß über bis jetzt unbekannte Ereignisse in seinem Leben. In der letzten Zeit ist mir mit Sicherheit klar geworden, daß wir hier am allerwenigsten über ihn wissen."

"Und wie kommst du auf das alles?"

"Das steht in dem Brief, seine Erregung war Tito nun deutlich anzusehen. Zum ersten Mal sprach er zu jemand anders von seiner Entdeckung. "In einem Buch aus Knechts Bibliothek habe ich einen Brief gefunden. Ich habe dann überall gesucht, ob ich nicht vielleicht noch einen anderen Hinweis oder sonst etwas finde, aber ohne Erfolg. Es kommt mir so vor, als hätte mein Lehrer selbst diesen Briefwechsel unter allen Umständen geheimhalten wollen und entsprechend vorgesorgt."

Der Vater hörte seinem Sohn aufmerksam zu, dieser griff derweil in die rechte Jackentasche und zog den Brief daraus hervor. Bevor er jedoch zum Weiterreden ansetzen konnte, fiel ihm der Vater ins Wort.

"Ist das der Brief?" fragte er.

"Ja, das ist er, du kannst ihn gerne lesen."

Plinio nahm den Brief und begann zu lesen. Tito schwieg derweil, und ihm kam wieder zu Bewußtsein, daß es draußen in Strömen regnete, er hörte dem Rauschen des Wassers zu und starrte dabei auf die Scheiben. Die Wege und Umwege, die die herunterlaufenden Regentropfen auf dem Glas beschrieben, fesselten ihn, die kleinen Wasserwege schwollen im Spiegel seiner Phantasie zu mächtigen Flüssen und Strömen an, wie die Welt sie noch nie gesehen hatte. Aus dem Himmel ergossen sich ohne Unterlaß neue Wassermassen. Die Flüße traten über die Ufer, das Land verschwand unter den Fluten,

bald war alles von einem einzigen aufgebrachten, sturm-
gepeitschten Meer zugedeckt. Die Menschen flohen auf
höhergelegene Inseln, aber die Wellen holten sie bald ein
und veschlangen Mensch und Tier, Baum und Strauch,
Stock und Stein. Hinter den tosenden Wassermassen hörte Tito dröhnend die Stimme Knechts: "Das ist die Sintflut, das ist die Sintflut. Diesmal gibt es kein Entrinnen,
dieses Mal wird kein Noah und kein Schiff zur Rettung
kommen." In diesem Augenblick kam Tito aus seinem
Wachtraum wie von einer langen und anstrengenden Reise zurück. Er wandte sich seinem Vater zu, der ihn seinerseits befremdet ansah. Tito fragte ihn, was er von dem
Brief halte.

Plinio Designori mußte erst einmal tief durchatmen.

"Im Grunde verstehe ich nicht, aus welcher Stelle im
Brief du solche Schlußfolgerungen herleitest", gab er
dann zur Antwort. "Es ist zwar durchaus richtig, daß der
Bief auf eine Verbindung Knechts zu bestimmten Leuten
hinweist, deren Denkweise zu der unserer Welt und auch
zu der der kastalischen Welt einen Widerspruch bildet.
Aber daraus läßt sich doch nicht auf neues Wissen über
das Geistesleben unseres verehrten Glasperlenspielmeisters schließen. Und ich finde, dieser Brief bietet schon
gar keinen Anlaß dazu, daß du die Gefahren einer Reise
in die Stadt X auf dich nimmst, denn das ist wahrlich ein
höchst risikoreiches Unterfangen. Die Stadt X ist völlig
von der Außenwelt abgeschnitten, da kommt niemand
hinein.

"Daß es wirklich äußerst schwierig, unter Umständen
sogar unmöglich ist, weiß ich selbst nur zu gut, Vater. Ich
habe mir allerdings sagen lassen, daß man versuchen
kann, über das Hinterland unbemerkt hineinzukommen.
Die Berge, Wälder und Seen reichen ja bis in das Stadtgebiet hinein. Genau aus diesem Grund hat sich die Stadt

auch bis jetzt halten können, auf dieser Seite gibt es keine Grenze, die leicht zu bewachen wäre."

Der Vater sah endlich ein, daß er nichts an dem Entschluß seines Sohnes würde ändern können, daß seine sämtlichen Versuche in dieser Richtung aussichtslos sein würden. Er beschränkte sich also darauf, seinem Sohn auf die Schulter zu klopfen, und wünschte ihm trotz allem von Herzen Erfolg.

Der Aufbruch

Als Tito sich auf die Reise machte, war es Winter. Für ihn war es der Aufbruch zu seiner großen Fahrt ins Ungewisse, ein Ereignis, das für ihn persönlich denselben Stellenwert hatte wie Kolumbus Entdeckungsreise nach Amerika oder die erste Mondlandung für die Menschheit.

Nach den ersten beiden Wochen war Tito nicht weniger munter als zu Beginn seiner Reise. Sollte er auf seinem Weg von einem Ort zum nächsten irgendwelche Schwierigkeiten zu überwinden gehabt haben, dann wurde seine Entschlossenheit auf jeden Fall nicht davon beeinträchtigt. Es war im Gegenteil so, daß er jeden Tag noch mehr Begeisterung als am Vortag mit auf den Weg nahm, wohl deswegen, weil er mit jedem Tag, den er unterwegs war, seinem Ziel näher kam. Und dieses Ziel war der zentrale Punkt, um den seine sämtlichen Hoffnungen und Erwartungen kreisten. Wenn er in Gedanken von Zeit zu Zeit nach Hause zurückkehrte, sah er vor seinem geistigen Auge seinen Vater, wie er ihn vor dieser Reise und ihren Folgen und allem, was daraus erwachsen könnte, gewarnt hatte. Er dachte dann, daß sein Vater alt geworden sei, daß er, obwohl er selbst auch einmal seine Träume wahrgemacht hatte, nun die jungen Menschen nicht mehr verstand, die Kraft, die in ihren Herzen wohnte und sie forttrug und das Unbekannte suchen ließ. Fur einen Mann wie seinen Vater war die Welt seiner Meinung nach bar jeden Geheimnisses, sie hatte keine Farben mehr und sprach nicht mehr zu ihm, so war wohl das Alter, eintönig und stumm. Sein Vater hatte eben nicht erkennen wollen, was für eine Tiefe in der Beziehung zwischen dem Lehrer Knecht und dem Schüler Tito gelegen hatte. Was an Wahrhaftigkeit und Reinheit in so einer Beziehung lag, konnte ja durchaus von größerer Bedeutung sein als das Verhältnis zwischen Vater und Sohn. Was hatte sein Vater eigentlich damit zu tun? Wen auf der ganzen Welt ging denn das alles etwas an? Es war ganz allein seine Sache, und niemand anderes hatte sich da einzumischen. Solche und andere Gedanken gingen Tito so durch den Sinn, als ihn jäh die Stimme des Fahrers aufschreckte. "Endstation, alles aussteigen", tönte es laut durch den Bus. Die anderen Passagiere taten wie geheißen, nur Tito blieb auf seinem Platz in der zweiten Reihe gleich hinter dem Fahrer sitzen. Er wartete darauf, daß dieser seine Unterhaltung mit einem älteren Herrn beendete, den er offenbar kannte und der sich in endlosen Klagen erging, darüber, wie schlecht die Welt geworden sei und was für böse Zeiten das seien, in denen die Söhne ihren Vätern den Gehorsam verweigerten. Mehrmals wiederholte er, es sei eine gottlose Zeit und das Ende der Welt stehe nun unmittelbar bevor. Der Busfahrer wurde der Jammerlitanei offenbar bald überdrüssig, immer wieder sah er weg, und als er sich zu Tito umdrehte, vermeinte dieser in dem Blick des Fahrers fast schon die Bitte zu lesen, er möchte eine Frage einwerfen, um der Sache ein Ende zu machen. Zu guter letzt ergriff der Fahrer dann selbst die Initiative und unterbrach den Alten:

"Ich danke Ihnen far die nette Unterhaltung, aber ich muß jetzt leider weg, ich habe etwas Dringendes zu erledigen."

"Ja, ja", kam die Antwort, ich muß auch gehen, meine Frau wartet zu Hause auf mich, das Essen steht bestimmt schon lange auf dem Tisch, da wird sie immer ungeduldig." Der Fahrer ergriff die Gelegenheit beim Schopf und schüttelte schnell dem Alten die Hand zum Abschied.

Dann wandte er sich Tito zu. "Und nun zu Ihnen", in seiner Stimme schwang leichter Spott mit, "was haben Sie für Sorgen? Geht es womöglich um Frau und Kinder?"

"Keine Angst, ich bin nicht verheiratet", beruhigte Tito sein Gegenüber, "wenn ich ein Problem habe, dann höchstens diese eine Frage, die mir auf dem Herzen liegt und deretwegen ich von Ort zu Ort ziehe, immer weiter, auf der Suche nach etwas, von dem ich nicht einmal weiß was es genau ist. Ich bin sozusagen ein Zugvogel aus innerer Leidenschaft." Dann zeigte er mit dem rechten Zeigefinger auf eine Stelle auf der Karte in seiner anderen Hand.

"Sehen Sie, da möchte ich als nächstes hin, und dann vielleicht noch weiter. Wie sieht es denn da mit Busverbindungen oder dergleichen aus?"

Der Fahrer kam von seinem Platz an Titos Seite und stellte sich Schulter an Schulter neben ihn hin. Aufmerksam sah er auf die Karte. Als er die vielen Kreuzchen sah, mit denen Tito die Etappen seiner Reise gekennzeichnet hatte, blickte er auf und zog die Augenbrauen hoch. "Die Reiseziele auf Ihrer Karte sind ja nicht gerade für den Tourismus erschlossen. Die Berge sind sehr hoch in dieser Gegend und die Täler nicht minder tief. Die Dörfer, die Sie angekreuzt haben, liegen noch dazu irgendwo tief im Wald, und wo der Wald anfängt und aufhört, weiß niemand so recht. Hinfahren kann man da nicht, da heißt es auf Schusters Rappen reiten, oder bestenfalls auf einem Maultier. Das ist das einzige Tier, das in dieser unwirtlichen Natur für den Transport geeignet ist. Nichtsdestominder ist es oftmals gerade der Mensch, der es dieser geduldigen und ausdauernden Kreatur am schwersten macht. Man kann da Zeuge höchst interessanter Auseinandersetzungen zwischen Tier und Mensch werden. Wenn irgendwann der Augenblick gekommen ist, an dem das Maultier dem Menschen zu verstehen gibt, daß es ihm nicht mehr folgen kann, daß die Strapazen seine Kräfte übersteigen, daß es sich nicht noch weiter ausbeuten lassen kann, dann steht da der Bauer und fällt mit Flüchen und Schlägen über das arme Tier her. Das Maultier seinerseits weigert sich einfach weiterzugehen, es reagiert, indem es den Kopf auf den Boden senkt, es denkt sich dann wohl sein Teil über dieses rücksichtslose Geschöpf Mensch, das von sich behauptet, es habe Herz und Verstand und sich dabei für etwas Besseres hält als eben dieses sture, gleichgültige Vieh, das sich ganz offenbar keinen Deut darum schert, was es eigentlich soll, nämlich weitergehen. Es bleibt einfach stehen und bringt dadurch seinen Herrn noch mehr in Rage. Und wenn der Bauer dann so richtig verzweifelt ist, dann schimpft er nicht nur auf das Tier, sondern auf das Leben, die Welt und das Dasein im allgemeinen. Erst dann kommt wieder Bewegung in das Maultier, aber seine Schritte sind schwerfällig und verdrossen, denn es hat zwar den Widerstand aufgegeben, ist aber voll Verachtung für diesen eingebildeten Kerl, der meint, alles schlecht machen zu können. Der Bauer atmet dann erleichtert auf und denkt wohl, daß das Tier endlich zur Vernunft gekommen ist, das verfluchte, und daß es ihm bestimmt auch noch Spaß gemacht hat, ihn so zu ärgern. "Ja", fuhr der Busfahrer fort, "so geht es da zu. Von ein paar Leuten, die es in diese unendlichen Wälder verschlagen hatte, habe ich erfahren, daß es in dieser Wildnis ab und zu ein Dorf gibt, wie weit das eine im Endeffekt vom anderen entfernt ist, ist schwer zu sagen. Sie sagen, es kann vorkommen, daß zwischen zwei Dörfern nur ein Tal liegt, aber das ist dann so tief, daß man unendlich weit laufen muß, womöglich über mehrere Pässe, um vom einen in das andere zu gelangen. Das letzte Dorf nennen sie das Dorf der Verrückten. Es soll recht groß sein im Verhältnis zu den anderen, und offensichtlich geht es da ein wenig befremdlich zu, man munkelt von seltsamen Gestalten, die dort leben sollen. Natürlich sind die Bewohner zum Teil einfache Bauern, aber daneben hat sich dort offenbar eine bunte Mischung aus Idealisten, mystisch angehauchten Zeitgenossen, fanatischen Revolutionären, Künstlern und Chaoten von überall her zusammengefunden. Sie haben sich wahrscheinlich dorthin verzogen, um ihre Wunden zu lecken und vielleicht doch den letzten Rest ansonsten enttäuschter Hoffnungen wahr zu machen. Das Dorf bietet sich dafür auch irgendwie an, unzugänglich wie es ist und damit einigermaßen abgeschottet von der Außenwelt. Noch dazu liegt es nicht weit von der Stadt X, da ist dann immer noch eine Fluchtmöglichkeit offen, falls es jemand auf das Dorf abgesehen hat. "Die Bewohner von dieser Stadt X", erklärte der Fahrer, "sind ein eigensinniger, starrköpfiger Haufen, der einfach nicht mit sich reden läßt. Seit Jahren liegen sie mit allen anderen Städten im Streit, und nicht nur das, sie haben auch überall Sympathisanten und Parteigänger, und das bedeutet, die Gefahr ist heute nicht mehr lokalisierbar, sondern man muß ihrer überall gewärtig sein. Aber ich will es gut sein lassen, ich bin ein wenig abgeschweift. Allerdings frage ich mich so langsam, ob Sie wirklich so ein ahnungsloser Reisender sind. Sagen Sie, gehören Sie vielleicht zu einer von diesen Gruppierungen, die die Welt satt haben, die grundsätzlich gegen alles sind, die mit dem Leben und der Gesellschaft und vor allem mit sich selbst unzufrieden sind?"

Tito war von den letzten Worten leicht befremdet, er wußte nichts von irgendwelchen Gruppierungen. "Was meinen Sie damit?" fragte er, "ich gebe ja gerne zu, daß ich kein Reisender im üblichen Sinne bin, aber es wäre gelogen zu behaupten, ich gehörte irgendeiner politischen oder religiösen Bewegung an."

"Wenn Sie genau wissen wollen, was ich meine, gab der Fahrer zurück, und dabei erschien auf seinen Lippen ein breites Grinsen, dann beantworten Sie mir folgende Frage: Machen Sie hier eine Vergnügungsreise oder sind Sie auf der Flucht vor etwas? Wenn einer vor etwas flieht, dann kann das zweierlei Gründe haben, entweder flieht er vor Unterdrückung und Verfolgung oder es treibt ihn der Überdruß in die Welt hinaus. Und wie ist das jetzt bei Ihnen?"

"Das habe ich Ihnen doch schon gesagt", Tito fing an, sich zu ärgern. "ich bin kein Tourist, aber genausowenig bin ich auf der Flucht oder brauche ich Asyl. Ich habe einen Auftrag, und den muß ich erledigen."

"Also so ist das, Sie sind ein Spion. Auch die Spione lassen sich in zwei Sorten unterteilen, sie arbeiten entweder für oder gegen die Stadt X."

Nun hatte Tito genug.

"Glauben Sie denn wirklich, ich wäre so offen zu Ihnen, wenn ich ein Spion wäre?"

Jetzt hätte der Fahrer doch gerne gewußt, was das für ein Auftrag war, der seinen Gesprächspartner in diese Gegend führte, aber Tito war zu verärgert, als daß er auf weitere Fragen eingehen wollte. So blieb dem Fahrer nichts anderes übrig, als sich ein Lächeln abzuringen und ihm eine glückliche Reise zu wünschen. "Vergessen Sie nicht, das Dorf der Verrückten von mir zu grüßen", trug er ihm noch auf. Auf seine Frage, ob es in der Nähe des Busbahnhofs eine Übernachtungsmöglichkeit gebe, erfuhr Tito zu guter letzt noch, daß dafür nur ein einziger Gasthof zur Verfügung stehe und dieser nur wenige Minuten zu Fuß entfernt liege. Man sagte sich höflich auf Wiedersehen, und Tito machte sich gleich auf in die angegebene Richtung. Das Gasthaus lag in einer engen Gasse, die beiderseits von zwei- oder dreistöckigen, nicht gerade neuen Häusern gesäumt war. Da und dort war im Erdgeschoß ein kleiner Laden oder ein Handelskontor untergebracht. In der engen Straße ging es äußerst lebhaft und laut her. Später dann merkte Tito, daß diese Gasse das Zentrum der kleinen Stadt darstellte, der letzten Station am Rande der erschlossenen Welt. Hier war also der

Ausgangspunkt für den beschwerlichen Weg in die Stadt X.

Tito sah sich auf beiden Seiten der Gasse um und dachte bei sich, wie einfach und bescheiden doch das Leben hier sein mußte, wie es dennoch ungehemmt pulsierte, und dabei machte es ganz den Eindnuck von Harmonie und Unbeschwertheit.

Früher, so erinnerte sich Tito, hatte sein Vater ihn auf seine Geschäftsreisen in die großen, lauten Städte mitgenommen, manchmal eine ganze Woche lang. Jedesmal hatte Tito in der Großstadt Übelkeit befallen, er konnte dort nicht atmen. Aber obwohl sein Vater das wußte, hatte er darauf bestanden, daß er mitkam, er sollte sich an die Großstadtatmosphäre gewöhnen, weil das in der heutigen Zeit unerläßlich sei.

Zweimal übernachtete Tito in dem Gasthof der kleinen Stadt. Er nutzte die Zeit, um sich auszuruhen und zu sammeln, und traf letzte Vorkehrungen für die Weiterreise. Seine wichtigste Neuanschaffung war ein Maultier. Außerdem rüstete er sich mit einer Waffe aus, die ihm zur Verteidigung gegen Wegelagerer dienen sollte. Dann besorgte er sich noch einen Wasserbehälter und getrocknete Datteln.

Am Morgen des dritten Tages verließ er seine Herberge und brach zum nächsten großen Etappenziel seiner Reise, dem Dorf der Verrückten, auf. Zunächst lenkte er seine Schritte auf eines der Anwesen nördlich der Stadt zu, mit dessen Besitzer, einem Viehzüchter, er sich zuvor auf den Kauf des Maultiers geeinigt hatte. Der Weg war staubig und führte in eine Ebene hinab, die mit Bäumen und niedrigen Büschen bewachsen war. Vor dem Haus des Landwirts war ein junges Mädchen gerade damit beschätigt, Holzscheite zusammenzulegen. Als es den Ankömmling bemerkte, lächelte es ihm freundlich zu und wünschte ihm einen guten Morgen.

"Papa, da ist ein Mann gekommen" rief sie in den Hof, aus dem bald darauf ihr Vater trat. Er schien sich ganz ungemein zu freuen und strahlte über das ganze Gesicht.

"Herzlich willkommen", empfing er den Besucher, es freut mich sehr, daß Sie gekommen sind. Wollen Sie mit uns eine Kleinigkeit zum Frühstück einnehmen?"

Tito erschien der Empfang allzu überschwenglich, er war deswegen leicht verunsichert, zumal ihn der Bauer gleich vertrauensselig am Arm faßte. "Seien Sie nicht schüchtern, fühlen Sie sich hier wie zu Hause", forderte er ihn auf.

"Ich habe leider keine Zeit zu verlieren", versuchte Tito sich mit einem Lächeln zu entziehen, "bitte nehmen Sie es mir nicht übel, aber ich habe es einfach eilig."

Der Bauer verschwand daraufhin im Innern des Anwesens, und als er wieder erschien, führte er ein Maultier am Halfter. "Da ist es", er strich dem Tier dabei über den Rücken und fing an, es zu loben. "Es ist mein bestes Tier, stark, geduldig, und es gehorcht aufs Wort." Diese Lobreden auf die äußerst guten Eigenschaften dieses und keines anderen Tieres wollten bald kein Ende mehr nehmen. Grund dafür war, daß der Bauer eigentlich nicht damit gerechnet hatte, daß dieser Kunde tatsächlich kommen würde, nachdem er ihn am Tag zuvor auf einen wahren Wucherpreis festgenagelt hatte. Tito ging auf sein zukünftiges Reittier zu und sah es sich genau an, was den Bauern wiederum verunsicherte, weil er ernsthaft befürchten mußte, der Käufer könnte es sich überlegen und das Tier doch nicht nehmen oder noch einmal anfangen, um den Preis zu feilschen. Zu guter letzt konnte er jedoch erleichtert aufatmen.

"In Ordnung, ich nehme es", entschied Tito und zog seinen Geldbeutel aus der Tasche. Er fing an, die vereinbarte Summe abzuzählen. Der Bauer paßte dabei genau auf und zählte leise mit. Das Geld wechselte schließlich den Besitzer.

"Dafür hätte ich mir auch einen Wagen kaufen können", bemerkte Tito halb im Scherz.

Davon wollte der Bauer aber nichts wissen.

"Mit dem Tier haben Sie eindeutig die bessere Wahl getroffen", warf er sofort ein, "was wollen Sie denn hier in der Gegend mit einem Wagen. Außerdem ist so ein Tier ein lebendiges Wesen, ein lebender Begleiter auf der Reise, das ist im Grunde der allergrößte Vorteil und eine große Hilfe, wenn der Weg mühsam und einsam ist, das werden sie schon bald merken". Als der Bauer dies sagte, nickte das Tier zustimmend mit seinem großen Kopf.

"Sehen Sie", schloß der Bauer daraus, "es ist sogar ein intelligentes Tier, es hat eindeutig verstanden, was ich meine, und es stimmt mir zu."

Tito mußte lachen. "Ich muß jetzt aber wirklich los. Guten Tag. Hoffentlich können Sie es verschmerzen, daß das Maultier jetzt mit mir weiterzieht." Der Bauer schüttelte ihm die Hand zum Abschied. "Ich hänge an jedem meiner Tiere wie an einem Kind", sagte er treuherzig, "aber so ist das Leben. Von allem muß man sich irgendwann einmal trennen. Das Tier muß jetzt mit Ihnen sein Glück versuchen."

Einige Schritte ging Tito zu Fuß neben dem Maultier her, dann schwang er sich auf seinen Rücken. Der Bauer und seine Tochter blickten ihnen nach, bis sie in der Ferne auf dem staubigen Weg aus ihrem Blickfeld verschwanden.

Während der ersten drei Tage begegneten Tito keine erwähnenswerten Schwierigkeiten. Der Weg führte über eine Hügelkette, die nicht sonderlich hoch war, es ging gemächlich auf und ab, hin und wieder lagen links oder rechts einige verstreute Dörfer mehr oder weniger nah am

Weg, für Tito günstige Gelegenheiten, seine Vorräte an Datteln, Brot und Schmalz aufzufrischen. Wenn er müde wurde, suchte er sich einen Stein oder einen Baum, band das Maultier daran fest, breitete in der Nähe seine Matte aus, legte sein Kopfkissen aus Straußenfedern, darauf hatte er beim Packen zu Hause nicht verzichten können, an das eine Ende und bettete sich auf diesem einfachen Lager zur Ruhe. Dann hing er seinen Gedanken nach, bis ihn der Schlaf überkam.

Ab dem vierten Tag kehrte die Natur ihre weniger annehmlichen Seiten hervor. Das Gelände wurde zunehmend schwieriger, aber auf die Entschlossenheit unseres Reisenden hatte das keinen Einfluß, er scheute vor keinerlei Schwierigkeiten zurück. Vielmehr spürte er, wie mit jedem Schritt eine Kraft in ihm die Herausforderung annahm und wuchs, wie mit jedem Meter, den er zurücklegte, die Hoffnung, sein Ziel zu erreichen, deutlicher Gestalt annahm. Bisweilen ließ er sich im Schutz eines Felsens nieder, lehnte sich an das Gestein und zog seine Flöte aus dem Gepäck hervor. Darauf spielte er dann, und das Echo der Flötenmelodien hallte von den Bergen und klang durch die Täler. Eine innere Heiterkeit erfüllte ihn in solchen Augenblicken, gemischt mit einer leisen Traurigkeit. Er war froh und hatte gleichzeitig das Bedürfnis zu weinen, seinen Tränen freien Lauf zu lassen. Dieses Gefühl war ihm nicht neu, er hatte solche Zustände schon früher erlebt, in der Zeit, als er mit seinem Lehrer und Meister Josef Knecht zusammen war. Einmal hatte er Knecht darauf angesprochen, wollte von ihm wissen, was es mit diesem Gefühl auf sich hatte, wo diese Tränen mitten in der schönsten stillen Heiterkeit herrührten. Knechts Antwort hatte gelautet, daß man die Tränen, die unversehens und unwillkürlich den Menschen in die Augen schossen, als Tränen der Sehnsucht nach dem verlorenen Paradies verstehen könne. Die Sehnsucht nach dem Paradies, aus dem der Mensch vertrieben worden war, sei noch immer in unbewußten Bereichen der Seele lebendig, und gerade in Augenblicken der stillen und besonnenen Heiterkeit und diese seien ja selten genug im Leben eines Menschen, finden sie den Weg an die Oberfläche.

Bergauf und bergab, immer wieder von Pausen unterbrochen, zog Tito weiter auf das Dorf der Verrückten zu. Von Zeit zu Zeit, wenn er durch ein Dorf kam, erkundigte er sich bei den Bauern nach dem Weg. Immer öfter war er auch gezwungen, in einem Bauernhof um Obdach zu bitten, manchmal eine, manchmal auch mehrere Nächte, wenn ein Unwetter über das Land hereinbrach und danach die Wege oft tagelang unpassierbar waren. Weiter und weiter hatte Tito sein Tier geführt, lange waren sie nun schon unterwegs, da standen sie eines Tages auf der Höhe und Tito spürte nun doch die Strapazen in seinen müden Gliedern,und auch. das Maultier zeigte alle Anzeichen von Erschöpfung und konnte sich kaum noch auf den Beinen halten. Tito sah sich suchend nach einem geeigneten Rastplatz um, wählte eine Stelle unter einer überhängenden Felswand und nahm zunächst einmal dem Tier die Last des Gepäcks ab. "Bald wirst du dich richtig ausruhen können, mein treuer Begleiter", sprach er liebevoll, "jetzt ist es nicht mehr weit bis in das Dorf der Verrückten, es liegt hier unten am Fuß des Berges." Die beiden Gefährten legten sich auf die Erde, jeder so, wie es ihm am bequemsten erschien. Doch schon bald war das Maultier wieder auf den Beinen und schnupperte zunächst an den Schuhen seines Herrn, streckte dann den Hals vor, beugte den Kopf zu Titos Gesicht hinunter und blies ihm seinen heißen Atem entgegen. Erschrocken kam Tito zu sich, packte die Zügel, und gemeinsam machten sie sich auf den letzten großen Abstieg hinunter zum Dorf der Verrückten.

Der Dichter

Der Dichter saß wie üblich unter seinem Feigenbaum. Die Stille, mit der die Natur ihn umgab, machte ihn nachdenklich. Die riesenhaft aufragenden Berge riefen Erinnerungen an hellste Freude und dunkelsten Schmerz in ihm wach. Sein Leben stand unter dem Zeichen dieses Gegensatzes, er fand es mit den Worten eines anderen Poeten treffend als mächtigen Strom aus Blut und Wein, als Hochzeit mit Trauergästen beschrieben. Wieviele Tränen hatte er vergossen, als er Jahre zuvor von seinen engsten Freunden am Grab Abschied nahm, die zusammen mit den Dorfbewohnern unerschrocken den Kampf gegen die Städte der Vereinigten Allianz geführt hatten. Damals hatte die Vereinigte Allianz versucht, das Dorf der Verrückten unter ihre Herrschaft zu zwingen und es zum strategischen Ausgangspunkt für ihre Angriffe auf die Stadt X zu machen. Aber schon damals wollte man sich im Dorf auf keine der beiden Seiten festlegen lassen, der Widerstand galt dem Schutz der eigenen Werte und der eigenen Unabhängigkeit, denn zu oft hatte das Dorf unter fremder Herrschaft gestanden, zu genau wußten seine Bewohner, was Unterdrückung bedeutete. Der vorherige Dorfvorsteher hatte deshalb darauf gedrungen, daß wer auf der Flucht vor Unterdrückung und Verfolgung ins Dorf käme, freundlich aufzunehmen sei und in jeder Hinsicht Anspruch auf Hilfe habe. Und wenn dann von Zeit zu Zeit ein Flüchtling ins Dorf kam, wurde er demgemäß empfangen, das Dorf bot ihm Essen, Unterkunft und Arbeit, und manch einer fühlte sich bald heimisch. An die Zeit, als er selbst ein Verfolgter war und auf der Suche nach einer Bleibe von Dorf zu Dorf zog, erinnerte sich der Dichter nur allzu genau. Man hatte ihn in jedem Dorf abgewiesen, nicht anders als zuvor in den Städten. Immer wieder zog er hinab durch Täler und Schluchten, hinauf

auf Berge, über Pässe, weiter auf die Stadt X zu. Er wußte nicht ein noch aus draußen in der weiten Welt. Ihm schien, die ganze Welt sei gegen ihn. In den Gesichtern der Menschen las er Widerwillen und Ablehnung, so daß er sich irgendwann ernsthaft fragen mußte, wer sich nun eigentlich so verändert habe, die anderen oder er selbst. Die Antwort fand er in sich selbst, die Menschen veränderten sich in schwierigen, krisengeschüttelten Zeiten, mit seinem Leid war jeder allein, mußte jeder selbst weitersehen. Und so ging der Dichter weiter seines Wegs, der ihn schließlich ins Tal der Verrückten führte. Hier begann ein neues Leben für ihn. Irgendwann merkte er, daß die Art und Weise, in der sich das Leben im Dorf abspielte, in großen Zügen seiner eigenen inneren Welt entsprach; plätschernde, belustigende Unterhaltung ging einträchtig mit eindringlicher Ernsthaftigkeit zusammen, emotionale Freude Hand in Hand mit Abscheu gegen die widerwärtigen Dinge im Leben, wenn Menschen wegen ihres Geldes Ansehen genießen und dabei der eigentliche Wert eines jeden an Bedeutung verliert. Auf dieser Grundlage baute Mulham sich sein Bild einer neuen Welt, in der die einfachen Dinge wertvoll sind und nicht für verlogenen Ruhm preisgegeben werden. Er nahm ein Mädchen aus dem Dorf zur Frau, und in der glücklichen Zeit, die er mit ihr zusammenlebte, vergaß er Kummer und Leid der Vergangenheit, bis der Tod sie ihm entriß. Mit ihr verschwand auch die Fröhlichkeit aus Mulhams Leben. Im Haus wurde es Leer und bedrückend. Mulham ertrug es nicht mehr dort, er ergriff die Flucht und begann, ziellos in Tälern und Bergen umherzustreichen. In dieser Zeit lernte er Surur kennen, den Trinker, wie man ihn im Dorf nannte. Die beiden wurden bald gute Freunde, beim gemeinsamen Gläschen Wein unterhielten sie sich und vertrieben einander die Zeit an langen Abenden. Mulham fiel es so leichter, den Schmerz um den Verlust seiner

Frau zu betäuben, er war Surur dafür dankbar.

"Es ist wirklich ein Geschenk des Himmels, daß ich dich zum Freund gewonnen habe, du bist mir genau im richtigen Augenblick geschickt worden, ohne dich gäbe es in meinem Leben nur Trauer und Einsamkeit."

"Und ohne dich hätte mir der Wein lange nicht so gut geschmeckt", gab Surur seinerseits lachend zu bedenken.

Bisweilen hatte Surur aber in einem anderen Dorf in der Umgebung etwas zu erledigen. Er war oft tagelang nicht da, und Mulham ergriff dann die Flucht, verkroch sich hinter die nur wenige Kilometer östlich des Dorfes sich hinziehende Bergkette, hinter diese hoch aufragende Trennwand aus Felsen, in den Schutz der dahinterliegenden Wälder. Dort nahm niemand Anstoß an seinem Verhalten, zwischen den eng beieinander stehenden Bäumen fühlte er sich befreit, die dicht ineinander verflochtenen Äste boten ihm grenzenlose Geborgenheit. Er tauchte in die Tiefen dieser Höhle ein, hier war Platz für seine Trauer, sein Leid, für die tiefen inneren Regungen, die seine Brust nicht mehr fassen konnte. Die Bäume hörten ihm zu, beruhigten und trösteten seine Seele, umgaben ihn mit ihrer Harmonie, nahmen ihn auf wie gute Freunde. So stark war Mulham vom Bann des Waldes verzaubert, daß er sich von den Zweigen umarmen ließ und seinen stummen Freunden aufmerksam lauschte, wenn sie mit sehnsüchtigem Rauschen sein Ohr erfüllten.

Als Tito am Feigenbaum des Dichters vorbeikam, entbot er ihm seinen Gruß. Der Dichter erhob sich und erwiderte ihn. Für einen kurzen Augenblick standen sie sich schweigend gegenüber. Mulham fragte:

"Du kommst als Flüchtling, habe ich recht?"

"Ganz stimmt es nicht, aber es kann durchaus sein, daß ich euch eine ganze Weile zur Last fallen werde."

"Diese Sorte gibt es wahrlich selten, ich würde brennend gerne einmal so einen näher kennenlernen." Mulham blitzte bei seiner Antwort der Schalk aus den Augen.

"So, ja, aha", stammelte Tito leicht verwirrt.

"Kennst du denn jemanden hier?" Mulham sah sein Gegenüber forschend an.

"Ich bin zum allerersten Mal hier, und ich habe hier weder Freunde noch Bekannte."

"Dann bist du ab jetzt mein Gast, mein Haus ist gleich in der Nähe, ich lebe allein dort", schlug ihm der Dichter vor.

Damit hatte Tito nicht gerechnet, daß er auf so wunderbar einfache Weise in diesem Dorf Aufnahme finden würde, daß man ihm so hilfsbereit entgegenkäme, er atmete unwillkürlich tief auf vor Erleichterung. Froh sprach er zu Mulham:

"Das ist wirklich sehr großzügig, ich bin für dieses Angebot sehr dankbar."

Der Dichter wollte keine großen Worte darum machen. "So eine große Sache ist es nun auch wieder nicht, wenn es dir recht ist, gehen wir gleich zu mir nach Hause?"

Sie machten sich auf den Weg in Richtung des Dorfes. Mulham strich dem Maultier über den Kopf. "Und du, gutes Tier, bekommst einen Platz bei den anderen im Stall der Gemeinde, da bist du nicht alleine. Es wird dir bestimmt gefallen bei uns im Dorf der Verrückten.

Während sie so gingen, berichtete Tito seinem Gastgeber kurz, wo er überall auf seiner Reise vorbeigekommen war, und Mulham erzählte seinem Gast Wissenswertes über das Dorf und seine Vergangenheit. Er hielt plötzlich mitten in seiner Erzählung inne und zeigte mit ausgestreckter Hand auf ein etwas abseits vom Dorf stehendes Haus. "Siehst du, das ist mein Haus, es steht alleine da, ich bin seit Tagen nicht dortgewesen. Ich fühle mich darinnen unerträglich einsam und verlassen in letzter Zeit, genau gesagt seit dem Tag, an dem ich meine Frau aus diesem Haus heraus zu Grabe getragen habe. Seither habe ich keine Ruhe mehr, halte es nirgends lange aus. Keiner kann sich auch nur eine leise Vorstellung davon machen, wie ich sie geliebt habe. Sie war alles für mich, jetzt ist alles leer, auch das Haus. Diese Leere absorbiert alle Freude und alles Schöne, was es auf dieser Welt geben könnte. . . Das ist eben Schicksal, und was kann ein Mensch schon gegen das Schicksal ausrichten?"

"Hattet ihr Kinder?" erkundigte sich Tito.

"Nein, sie war selbst das Kind, zumindest sah sie sich so. Oft hat sie zu mir gesagt, ich wäre ihr alles, Vater, Mutter und Bruder. Als sie noch klein war, hat sie beide Eltern verloren. Sie ist dann im Haus einer Tante väterlicherseits großgeworden, und diese Tante war eine sehr strenge und vor allem hartherzige Frau. Als ich das arme Mädchen zum ersten Mal traf, war sie gerade auf dem Rückweg von der Weinlese, und da sind wir uns zufällig begegnet. Wir kamen ein wenig ins Gespräch. Ihre Art und was sie so sagte, gefiel mir gut. Ich fand sie seit diesem Tag sehr anziehend und bemerkte sie immer, wenn sie in der Nähe war, schaute ihr oft aus der Ferne zu. Dann richtete ich es so ein, daß ich zur gleichen Zeit wie sie meinen Nachhauseweg antrat, und wir gingen dann oft gemeinsam zum Dorf zurück. Und eines Tages eröffnete ich ihr, was ich für sie empfand. Sie wurde zuerst ganz verlegen und rot, aber dann gestand sie mir, daß sie mich auch liebte. Gleichzeitig jedoch meinte sie, wir sollten uns jetzt besser nicht mehr treffen, damit sie nicht ins Gerede käme. Das Beste sei, sagte sie, ich hielte bei ihrer Tante um ihre Hand an, Probleme werde es wohl kaum geben, denn sie und ihre Tante hingen nicht sonderlich aneinander, und es sei der Tante bestimmt recht, sie aus dem Haus zu haben. Ganz so einfach war es dann aber doch nicht. Die Tante wollte noch ihren Nutzen aus der Sache ziehen und behauptete, daß so eine Eheschließung doch eine wichtige Angelegenheit sei, die es reiflich zu überlegen gelte, und daß sie Bedenkzeit brauche, bevor sie der Heirat ihrer Nichte, die ja schließlich die Tochter ihres Bruders sei, zustimmen könne. Und ich tat ihr den Gefallen. Immer wieder stattete ich im Haus dieser Frau Besuche ab und lieferte meine Gastgeschenke ab, Reis, Hühner, Zucker und so weiter, und ich schmeichelte ihr mit Komplimenten, die sie eigentlich gar nicht verdiente. Nachdem sie mich ziemlich hatte bluten lassen, gab sie dann endlich ihren Segen, und ich durfte Butteina heiraten."

Inzwischen waren die beiden an Mulhams Haus angekommen. Der Gastgeber faßte seinen Gast am Arm und führte ihn über den Hof.

"Hier bin ich also zu Hause. Ich möchte, daß du dich hierwohlfühlst."

Noch lange bis tief in die Nacht sprachen die beiden miteinander. Tito fand in dem Dichter einen gewandten Redner, der offen und spontan und vor allem sehr lebendig von früheren Erlebnissen zu erzählen wußte, so daß Tito ihm gebannt zuhörte und jedes Wort aufnahm. Auch als er irgendwann schläfrig wurde, versuchte Tito, gegen den Schlaf anzukämpfen, damit er weiter zuhören konnte. Mulham bemerkte das jedoch selbst und reagierte sofort.

"Du solltest jetzt aber deinem Körper ein wenig Erholung von den Strapazen der langen Reise gönnen", riet er Tito und führte ihn ins Zimmer nebenan, wo ein Bett für ihn gerichtet war.

Am Morgen des folgenden Tages frühstückten die beiden zusammen, und dann schlug Mulham einen Rundgang durch das Dorf und die nähere Umgebung vor, damit Tito sich erst einmal alles anschaute. Dem kam der Vorschlag gelegen und er stimmte sofort begeistert zu.

Sie plauderten noch ein Weilchen über dies und jenes, dann machten sich die beiden auf den Weg.

Im Dorf fing der Tag sehr früh an. Als erstes wurden jeden Morgen bei Anbruch der Dämmerung, die Tiere aus den Ställen auf die Weiden getrieben, und Menschen und Tiere zogen geräuschvoll durch die Gassen. Als Tito und sein Gastgeber aus dem Haus traten, hatte sich der Umtrieb schon größtenteils verlaufen und die Sonne stieg am Himmel auf.

Als sie auf den Dorfplatz hinaustraten, war er fast leergefegt, nur einige Jungen tobten herum. Mulham entdeckte unerwartet auf der anderen Seite seinen Freund Surur, der den Kopf schwer in die Hände gestützt, versonnen vor sich hinstarrte.

"Siehst du den Mann da drüben sitzen? Das ist Surur, den sie den Trinker nennen, einer meiner besten Freunde", machte Mulham seinen Begleiter aufmerksam. Die in Gedanken versunkene Gestalt bemerkte die Näherkommenden nicht, auch nicht, als sie schon direkt neben ihr standen, so weit war Surur in Gedanken in einer anderen Welt, die ganz und gar einer Person vorbehalten war, seiner geliebten Nuzha, um die sein Denken unaufhörlich kreiste. Erst als Mulham ihn ansprach, kam Surur wieder zurück auf den Boden der Wirklichkeit. Er sah auf und Mulham ins Gesicht, der ihn mit einem breiten Grinsen empfing.

"Was ist los? Mulham, du?" Er sprang auf die Füße. "Wo warst du denn? Dreimal bin ich bei dir gewesen, jedesmal warst du nicht da. Ich habe mir wirklich so langsam ernsthaft Sorgen um dich gemacht. Sag, wo warst du?"

"Weit weg, ich mußte ein bißchen Abstand bekommen, Ruhe finden." Ein Schatten legte sich auf Mulhams Gesicht.

"Ich habe wieder einmal zuviel an Butteina gedacht. Glaub mir, ich habe verscht, ihr Bild aus meinen Gedanken zu verscheuchen, aber es ging nicht. ich hatte das Gefühl, sie wäre irgendwo im Haus. Und da mußte ich einfach raus. Zuerst wollte ich zu dir, aber du warst nicht da. Daraufhin war ich noch mehr durcheinander und wußte überhaupt nicht mehr, was ich machen sollte. Da bin ich dann auf den Weg geraten, der in die Berge führt, und einfach gelaufen. Und dann kam ich in den Wald, und dann in die Dörfer dahinter. Ich habe ein paar alte Freunde besucht. "Und hier", Mulham wies mit der Hand auf Tito, "ist ein neuer Freund. Er ist gestern hier angekommen."

Surur schüttelte Tito die Hand zur Begrüßung, hieß ihn willkommen und schlug vor, sie sollten alle drei zu ihm nach Hause gehen und dort etwas essen.

"Gerne, sehr gerne sogar", freute sich Mulham, "aber eigentlich hatte ich meinem Gast heute morgen versprochen, ihm das Dorf zu zeigen."

"Das macht nichts, dann treffen wir uns eben erst heute abend, wenn es dunkel wird."

"Geht in Ordnung", bestätigte Mulham und klopfte Surur dabei fröhlich auf die Schulter. "Und was gibt es Neues von Nuzha?", fragte er dann seinen Freund.

Diese Frage rief bei Mulham ein mißmutiges Murren hervor. "Da ist viel passiert, ich erzähle dir lieber heute abend bei mir zu Hause davon."

Daraufhin verabschiedeten sich Mulham und Tito und setzten ihren Besichtigungsgang fort.

Als später am Tag die Schatten sich immer länger über das Dorf neigten und der Abend sich ankündigte, kehrten Mulham und sein Gast um, und machten sich auf den Weg zu Surur. Den ganzen Tag waren sie überallherumgegangen, und Tito hatte feststellen können, daß das Dorf doch verhältnismäßig groß war, zumal einzelne Häuser recht weit zerstreut lagen. Mulham machte es Spaß, zu beobachten, wie sich die Gesichtszüge seines Gastes zunehmend entspannten, das Neue, was er zu sehen bekam, schien ihm gut zu gefallen. Und in der Tat war Tito von den Leuten, den Häusern und der Natur gleichermaßen eingenommen, er hätte das auch gern zum Ausdruck gebracht, aber es fehlten ihm die Worte. Anstatt dessen lächelte er einfach Mulham an, und dieser deutete das auch richtig als Ausdruck des Wohlgefallens, das Tito an allem, was er zu sehen bekam, fand.

Weiter ging es über die Felder zurück ins Dorf. Auch die Bauern machten sich um diese Tageszeit in Gruppen auf den Heimweg von der Feldarbeit. Mulham grüßte den ein oder anderen, man grüßte freundlich zurück und warf verstohlene Blicke auf den Mann in Mulhams Begleitung. Dieser erregte offensichtlich einiges Aufsehen, was an den aufgeregten Debatten abzulesen war, die sich jedesmal entfachten, sobald sie einige Schritte weitergegangen waren.

"Kennst du eigentlich alle, die hier im Dorf wohnen?", erkundigte sich Tito bei seinem Führer.

"Einige kenne ich mit Namen, andere nur vom sehen, das Dorf ist doch recht groß. Aber man weiß irgendwann, wer die einzelnen sind, wenn man nur ab und zu auf den Dorfplatz kommt. Da wird ein kleiner Markt abgehalten. Auf diesem Markt bieten fliegende Händler ihre Waren feil, und die Dorfbewohner kaufen ihnen nicht nur etwas ab, sondern fragen auch, ob sie etwas brauchen, das sie ihnen verkaufen könnten. Und dann sieht man sich natürlich auch auf dem Weg zu den Feldern, so wie hier, da grüßt man einander. Außerdem bietet sich bei Hochzeiten und Trauerfeiern immer wieder Gelegenheit, einander kennenzulernen."

"Es sieht irgendwie so aus, als seien hier im Dorf alle wie eine große Familie", bemerkte Tito.

"Laß dich nicht täuschen und urteile nicht nach dem ersten Eindruck", warf Mulham ein. "Hier gibt es genau wie überall Streitigkeiten und Zwiste, du wirst es noch früh genug erleben."

Surur hatte alles vorbereitet und sich draußen vor dem Haus hingesetzt, um dort auf seine Gäste zu warten. In Gedanken spazierte er von Haus zu Haus durch das Dorf und langte schließlich bei Baha', dem Kaufmann, an. Baha's Tochter Nuzha saß vor dem Tor, verzweifelt, entmutigt, krank und sehr blaß. Als sie ihn sah, stand sie auf und lief auf ihn zu, brach vor ihm zusammen und fing an zu weinen. Er beugte sich zu ihr hinunter, faßte sie am Arm, half ihr auf und versuchte, sie zu trösten.

"Weine nicht, Nuzha, komm doch wieder zu dir." Sie zog ihr rosa Taschentuch heraus und trocknete sich damit die Tränen.

"Hilf mir, Surur, ich kann nicht mehr, ich halte es nicht mehr aus. Denk mit mir nach, finde doch du für mich eine Lösung", flehte sie ihn an.

Surur senkte den Kopf. "Was kann ich denn gegen deinen Vater ausrichten? Ich habe alles versucht, um ihn umzustimmen, um ihn dazu zu bewegen, daß er uns heiraten läßt. Es hat alles nichts genützt."

Nuzha regte sich auf und ihre Stimme überschlug sich. "Dann entführe mich eben! Laß uns zusammen fortgehen, in ein anderes Land, ich ertrage dieses langweilige Dorf nicht länger, ich ertrage mich selbst nicht mehr."

An diesem Punkt wurde die Szene vor Sururs geistigem Auge jäh abgebrochen, denn Mulham und Tito waren gekommen, er stand auf, um sie zu begrüßen. Dann führte er seine Gäste ins Haus und sie setzten sich an den Tisch im Gästezimmer. Surur nahm den Weinkrug, füllte ein Glas und reichte es Tito. "Diesen Wein habe ich selbst gekeltert. Möchten Sie ihn probieren?" Der so Gebetene lächelte freundlich. "Es tut mir wirklich sehr leid, aber ich muß ablehnen, denn ich trinke keinen Alkohol", gab er zur Antwort.

"Unser Gast weiß etwas besseres", warf Mulham im

Scherz ein, "er berauscht sich daran, seine Gedanken auf die Reise zu schicken, und er hat recht damit, das ist die beste Methode, in einen entrückten Zustand zu kommen, und sie ist allemal besser als die Methode mit dem Wein aus dem Dorf der Verrückten."

"Genau so ist es", stimmte Tito lachend zu.

"Mein Gefühl hat mich also nicht getäuscht, ich hatte gleich den Eindruck, daß du mich verstehst. Darüber bin ich sehr froh."

"Es gibt in der Tat viele Möglichkeiten, um in einen ekstatischen Zustand zu kommen", gab Surur freimütig zu.

"Jeder kann sich da etwas Passendes aussuchen. Der eine berauscht sich am Ruhm, der andere an der Liebe, der dritte macht etwas Verrücktes, und so fort."

"Und du bist unbestritten ein Meister in deinem Fach, mein lieber Surur", fügte Mulham lachend hinzu.

Surur reichte das gefüllte Glas an Mulham weiter, schenkte sich selbst ein weiteres ein und hob es hoch. "Wir wollen auf unser aller Gesundheit trinken. Prost!"

Mit großem Appetit ging es dann ans Essen, und danach leitete Surur die Unterhaltung mit der Frage an Tito ein, was es mit seinen erstaunlich guten Fremdsprachkenntnissen auf sich habe.

"Wenn man etwas wirklich will, dann schafft man es auch, selbst wenn es eigentlich unmöglich erscheint. Deshalb habe ich eure Sprache erlernt, ich brauchte sie und ich wollte es wirklich."

"Es gehört aber immer auch eine Portion Begabung dazu", gab Mulham zu bedenken. "Und die hast du bestimmt. Und außerdem bist du offensichtlich auch sonst nicht auf den Kopf gefallen, das habe ich gleich gemerkt, als ich dich das erste Mal gesehen habe."

Surur stand auf und verschwand. Als er zurückkam, hielt er einen neuen Krug Wein in der einen und in der anderen Hand eine Karaffe mit Orangensaft. Er füllte für Tito ein Glas mit Orangensaft und goß Mulham und sich selbst Wein nach. Dann prostete er seinen Gästen zu. "Wir wollen zusammen auf das Wohl unseres Freundes Tito trinken." Er trank das Glas in einem Zug leer und füllte es gleich wieder auf.

"Surur schüttet den Wein hinunter wie andere Leute Wasser oder Milch", bemerkte Mulham zu Tito. "Surur hatte das wohl gehört", er räusperte sich und wandte sich dann erklärend an Tito.

"Dafür gibt es aber auch Gründe. Ich kannte eine Zeit, da hatte ich mit Wein oder sonst mit Alkohol nichts zu tun, ich konnte dem nichts abgewinnen. Das war, bevor in mir eine Welt zerbrach. Die ganzen Jahre davor hatte mein Bild von der Welt gestimmt, daß die Farben darin nicht so recht zusammenpassen wollten, bemerkte ich damals noch nicht. Nachdem dieses Weltbild zerbrochen war, versuchte ich noch lange verzweifelt, die Bruchstücke wie ein Puzzle wieder zusammenzusetzen, das alte Bild wiederherzustellen, aber es war ein für alle Mal zerstört. Mir wurde damals klar, daß die Welt härter und grausamer ist, als ein Mensch ertragen kann, ich fühlte mich wie ein Stück Materie, das völlig ziellos in der Unendlichkeit des Weltalls treibt. Es war ein Gefühl tödlicher Leere und Einsamkeit. Ich suchte verzweifelt nach einem Punkt, der mir Halt bieten konnte, ich hatte einfach keinen Boden mehr unter den Füßen, alles entglitt mir ständig. Ich will ein wenig weiter ausholen. Einige Zeit davor hatte ich mich wie ein Einsiedler in die Berge zurückgezogen. In diesen drei Jahren der Einsamkeit hatte ich die Welt völlig aus meinem Bewußtsein verdrängt. Es war, als sei ich in einer weichen, undurchdringlichen Materie gefangen, meine Seele irrte wie im Nebel herum, suchte den Weg heraus, wollte zu unbekannten Grenzen vordringen auf der Suche nach der Wahrheit. Wie von einer fremden Kraft getrieben, stieg ich immer höher hinauf auf die Gipfel. Und in jener Nacht, als ich die Sterne beobachtete, die von weit in der Ferne ihr Licht zu mir sandten, vernahm ich in der Tiefe meines Selbst eine Stimme, die mich aufrief, den Berg zu verlassen und hinabzusteigen ins Tal. Unten angekommen, griff ich zur Waffe und reihte mich unter die kämpfenden Revolutionäre. Ich stritt für die gerechte Sache, kannte keine Furcht, setzte meine Gesundheit und mein Leben aufs Spiel. Und dann kam der Tag, an dem die Krämerseelen meiner Mitstreiter zum Vorschein kamen, sie tauschten unsere Grundsätze gegen billiges Vergnügen ein. Ich mußte mitansehen, wie die Überzeugungen, für die so viele ihr Leben geopfert hatten, verraten und verkauft wurden, gegen ein wenig Geld oder ein bißchen Besitz." Surur atmete schwer.

"Ich habe mit eigenen Augen gesehen, wie unsere Prinzipien im Bett einer Hure starben. Da ging ich ins Tal und schrie meinen Schmerz heraus. "Warum nur, oh mein Gott?" Aber niemand antwortete mir, nur das Echo meiner Verzweiflung hallte von den Wänden der Berge wider. Auf dem Rückweg traf ich dann einen Freund, einen, der mit allen Fasern die Revolution gelebt hatte. In der Hand trug er noch immer das Buch mit revolutionären Schriften und Gedichten, aus dem er mir jedesmal, wenn ich ihn traf, vorgelesen hatte. Er hatte mich immer mit seiner Begeisterung angesteckt, wie oft hatten wir zusammen laut Revolutionslieder geschmettert, bis wir ganz erhitzt und erschöpft davon waren. Auch dieses Mal wollte er mir aus dem Buch vorlesen. Aber ich schrie ihm ins Gesicht: "Hör auf damit! Hast du denn immer noch nichts kapiert?" Er sah mich an, als hätte man ihm gerade den Boden unter den Füßen weggezogen. Zuerst sagte er eine ganze Weile gar nichts. "Surur", kam es dann mit zitternder Stimme aus seinem Mund, "du warst doch immer so verläßlich, so überzeugt von deinen Grundsätzen. Was sagst du denn da?"

Ich lachte ihm nur ins Gesicht. "Du träumst noch immer, mein Freund, hast du denn nicht gemerkt, daß die Revolution verkauft worden ist? Sie ist tot! Wozu willst du mir aus deinem Buch vorlesen, wenn wir, die Kämpfer der Revolution, von ihren Führern wie Nummern behandelt werden. Mehr sind wir zur Zeit nicht wert, unser Preis steigt und fällt, je nachdem wie hoch der Einsatz ist, um den sie spielen. Wofür willst du mich begeistern, wenn keiner mehr die Fahne hochhält, unter der ich in den Kampf ziehe?"

"Aber du folgst doch dem Banner der Revolution!", warf mein Freund ein. Da war ich nicht mehr zu bremsen. "Welches Banner der Revolution?" machte ich meinem Zorn Luft. "Es liegt im Dreck, es wird gerade durch den Morast gezogen!"

Mein Freund war sprachlos und bestürzt. Traurig sah er mich an, sagte nur "Adieu", wandte sich von mir ab und ging. Ich schaute ihm nach und dachte bei mir, was das doch für ein verträumter Ignorant sei, und er tat mir sehr leid. Er gehört zu den Menschen, die nicht von einer fixen Idee lassen können, wenn sie das tun, dann bedeutet es für sie das Ende. Ich konnte ihn im Grunde gut verstehen, ich war selbst völlig durcheinander und innerlich leer und kraftlos. Ich konnte keinen Hoffnungsschimmer mehr finden in dieser finsteren Welt, ich konnte mir einfach nicht vorstellen, daß irgendetwas irgendwann einmal besser werden würde. Ich fing an, die Menschen zu meiden, und ging nicht mehr aus dem Haus. Seither habe ich zu niemand mehr Vertrauen gefaßt. Nur im Wein habe ich Trost gefunden. Ich habe verzweifelt gesucht, nach irgendetwas, um mich daran festzuhalten, damit ich mich selbst aus diesem Abgrund ziehen konnte. Aber ich war so leer, so endlos leer, und die Welt entzog sich mir, war abgeplattet und ohne Konturen, ohne Form, einfach nicht greifbar, wie eine Amöbe.''

Surur schwieg, und die anderen wußten auch nichts zu sagen. Nach einer Weile brach Mulham das Schweigen. ''Erzähl mir, was es Neues von Nuzha gibt'', forderte er seinen Freund auf. Surur war dieses Thema offensichtlich nicht gerade angenehm, er verzog das Gesicht und gab einen mißmutigen Laut von sich.

''Ihrem Vater, dem starrsinnigen alten Baha', macht es in seiner Verbohrtheit und Sturheit offensichtlich nicht einmal etwas aus, wenn seine Tochter stirbt. Ich habe sie erst vor ein paar Tagen gesehen, sie leidet, sie ist inzwischen schwer krank, und man sieht es ihr auch an. Sie hat geweint, hat mir unter Tränen erzählt, daß er sie wieder geprügelt hat, bis sie ohnmächtig geworden ist. Und er hat ihr dabei gedroht, er werde nicht aufhören, sie zu schlagen, bis sie nicht mit mir Schluß macht. Vor zwei Tagen habe ich wieder zwei Männer aus dem Dorf hingeschickt, die nochmal in meinem Namen um ihre Hand anhalten sollten. Aber es war genau wie jedesmal, er hat rundweg abgelehnt. Und nicht nur das. ''Ich habe diesem infantilen Saufkopf schon oft genug gesagt, er soll meine Tochter in Ruhe lassen. Wenn er nicht endlich damit aufhört, mich zu belästigen, mache ich ihn irgendwann eigenhändig zum Krüppel'', hat er mir ausrichten lassen. Surur hielt kurz inne.

''Was soll ich denn machen, Mulham, was meinst du dazu? Ich weiß mir wirklich keinen Rat mehr. Ich kann Nuzha einfach nicht aufgeben, dazu liebe ich sie zu sehr. Kein Baha' und kein Dorfvorsteher mit seinen Schärgen können mich von meiner Liebe abbringen.''

''Zuallererst mußt du an Nuzhas Gesundheit denken. Sie ist schwer krank und ihr Vater ist deinetwegen so grausam zu ihr. Ich würde sagen, du läßt die Sache am besten ein wenig ruhen, bis es ihr wieder besser geht.

Und in der Zwischenzeit hörst du mit dem Trinken auf und beweist erst einmal, daß du zumindest kein Saufkopf bist. Vielleicht hat das Einfluß auf Baha'."

Surur schenkte Mulham noch einmal Wein ein und sich den Rest aus dem Krug in sein Glas. "Meinst du wirklich, daß es daran liegt? Ich möchte das ernsthaft bezweifeln. Ich glaube, dieser Geizkragen von einem Händler will einfach nicht, daß ich seine Tochter heirate, das ist alles. Und jetzt sucht er nach allen möglichen und unmöglichen Ausreden, wenn nicht der Wein, dann eben etwas anderes. Aber vielleicht hast du auch Recht, von mir aus höre ich eben mit dem Trinken auf. Wir werden ja sehen, ob er dann wirklich seine Meinung ändert." Surur ließ sich -auch weil er schon einiges getrunken hatt- zu weiteren pessimistischen Spekulationen hinreißen. "Das geht sowieso nicht mehr lange gut hier", wandte er sich an Tito, "ich habe es deutlich im Gefühl, dem Dorf droht Unglück. Das Verhältnis der Dorfbewohner untereinander ist schon lange nicht mehr das, was es einmal war, der Zusammenhalt ist gestört. Alles ist verkehrt, seit der neue Dorfvorsteher am Hebel sitzt, überall herrscht Zwietracht und unterschwelliger Neid, die Rechte der Schwachen werden mit Füßen getreten." Er redete sich richtiggehend in Rage. "Der Dorfvorsteher hat ja selbst einen unschuldigen Menschen umgebracht, nur weil er seiner maßlosen Habsucht im Weg stand. Keiner hat damals gewagt, die Stimme gegen ihn zu erheben, keiner hat es gewagt, öffentlich die Möglichkeit in Betracht zu ziehen, er könnte der Mörder sein, keiner wollte gegen ihn die Anklage führen. Vor den Augen aller wurde die Sache vertuscht, das Verbrechen ist ungesühnt geblieben. Einzig die Witwe des Getöteten stand auf dem Dorfplatz. "Der Dorfvorsteher ist es gewesen. Er hat ihn umgebracht. Er war es. Der Dorfvorsteher war es", brüllte sie sich die Seele aus dem Leib. Aber keiner hat auf sie gehört, keiner hat sie ernstgenommen. Lustig haben sie sich über sie gemacht. "Halt's Maul, du bist ja verrückt, geh nach Hause", haben sie sie angebrüllt.

Tito war gebannt von dem, was er da zu hören bekam, Mulham hingegen war ganz steif geworden. Er kämpfte hart um seine Beherrschung "Hör auf damit!" fuhr er seinen Freund an. "Laß endlich die alten Geschichten ruhen, das führt zu nichts." Surur begriff, wie peinlich es Mulham sein mußte, daß seinem Gast schon kurz nach seiner Ankunft solche Geschichten zu Ohren kamen.

"Du hast wahrscheinlich recht", wechselte er das Thema und kam wieder auf Mulhams zuvor gemachten Vorschlag zu sprechen. "Die Idee ist sogar sehr gut, ich muß nur eine kleine Beschränkung meiner Freiheit in Kauf nehmen. Ich nehme also deinen Rat an, und bald werden alle wissen, daß ich nicht mehr trinke." Er lachte laut auf.

"Es ist schon komisch auf dieser Welt, man kann einfach nicht so sein, wie man ist. Da sucht man sich eine Rolle, und dann muß man sie wieder ablegen und sich anders verkleiden." Surur sah, daß sein Glas leer war, und stand auf, um den Krug wieder zu füllen. Aber Mulham hielt ihn auf dem Stuhl fest.

"Nimm lieber mein Glas und trink es zuerst leer. Ich möchte nicht mehr." Surur tat wie geheißen und leerte Mulhams Glas in einem Zug. Dann blickte er in das leere Glas. "Dieses Glas hat mir die Freude zurückgegeben. Meine Sorgen sind verschwunden. Der Wein macht den verzagten Herzen Mut. Aber es liegt auch ein Fluch darauf, die Zeit verrinnt ungenutzt, er macht aus wertvollen Stunden wertlose Minuten." Nachdenklich fügte er hinzu: "Ja, das Leben ist wahrlich kurz, und trotzdem meint man manchmal, man könnte es nicht ertragen. Man versucht dann, vor dem Leben zu fliehen. Jeder entwickelt da seine eigene Methode." Er verstummte.

In diesem Augenblick stand Mulham unvermittelt auf,

streckte Surur die Hand entgegen und verabschiedete sich. "Ich wünsche dir noch einen schönen Abend, Surur. Wir müssen jetzt gehen. Wir haben einen langen Tag hinter uns, wir sind viel gelaufen auf unserem Besichtigungsgang durch das Dorf und haben müde Beine." Surur erhob sich seinerseits, er stand nicht ganz sicher auf den Beinen und schwankte leicht. Er begleitete seine Gäste noch bis zur Tür. "Es würde mich freuen, dich wieder einmal hier zu sehen", verabschiedete er sich von Tito und schüttelte ihm dabei die Hand. "Ich wünsche dir auf alle Fälle eine gute Zeit hier bei uns im Dorf."

Die Nacht war vollkommen klar, die Sterne standen strahlend am Firmament und sandten ihr kühles Licht aus den endlosen Tiefen des Universums durch das Dunkel, um Mulham und Tito den Weg zu zeigen. Das Dorf der Verrückten lag in ihrem sanften Licht, geborgen in der Ruhe der Nacht und sicher bewacht von den hohen Bergen rings umher.

Tito betrachtete den Himmel. Aus seinem Herzen stieg ein Gefühl erhabener Ehrfurcht vor diesem eindrucksvollen Moment auf, das ihn bald ganz und gar durchströmte. Unwillkürlich wandte er sich Mulham zu, der seinerseits tief in Betrachtungen versunken war. "Die Nacht hat hier wirklich einen ganz besonderen Reiz", sprach er seinen Freund an. "Noch nie in meinem ganzen Leben habe ich eine so klare Nacht und einen so hellen Sternenhimmel erleben dürfen. Solche Momente wie dieser wirken klärend auf meine Seele, alles Enge ist wie von ihr genommen, sie zeigt sich mir so rein und ungetrübt wie dieser Sternenhimmel da oben. Jetzt kann ich wieder deutlich erkennen, wonach mein Innerstes strebt, die Verwirrungen, die das Alltagsleben schafft, sind wie ein Schleier weggezogen. Meine innerste Sehnsucht strahlt so hell wie diese Sterne."

"Die Sommenächte sind hier besonders schön, sie

stimmen nachdenklich und laden dazu ein, die Gedanken auf weite Reisen zu schicken, und das noch in ganz besonderer Weise, wenn auch der Mond am Himmel steht."

Tausenderlei Vorstellungen schossen Tito durch den Sinn. Er dachte daran, wie ahnungslos, unbedacht und eigensinnig er als kleiner Junge gewesen war, wie wenig er verstanden hatte, wie dann später sein Lebensweg langsam Gestalt annahm, wie er sich immer wieder wechselnden Situationen angepaßt hatte, ruhiger und beständiger wurde. Seinem Vater waren diese zum Teil sehr plötzlichen Veränderungen immer unverständlich geblieben, er hatte trotz aller Bemühungen nicht vermocht, diesen widerspenstigen Sohn zu bändigen. Knecht war der einzige gewesen, auf den er ein wenig gehört hatte, der in der Lage gewesen war, Einfluß zu nehmen. Und dann hatte der Glasperlenspielmeister ausgerechnet durch seinen Tod die einschneidenste Wirkung auf sein Leben ausgeübt. Die Bücher, die Knecht hinterlassen hatte, waren dann prägend für sein Denken geworden. Das war in den ersten beiden Jahren nach Knechts Tod geschehen, als Tito so still und nachdenklich wurde und die Suche nach der Wahrheit als Lebensinhalt entdeckte.

Während Tito noch so seinen Gedanken nachhing ertönte auf einmal die Stimme Mulhams, der ein altes Volkslied anstimmte. Tito lauschte still und hingebungsvoll dieser volltönenden, warmen Stimme, die eine schwermütige Weise durch die schweigende Nacht schickte. Sie gingen nebeneinander her, Mulham singend und Tito aufmerksam darauf lauschend, wie aus den Tiefen der Vergangenheit Töne hervorkamen, um in der Kehle seines Freundes Gestalt anzunehmen.

Am folgenden Tag machte die Nachricht im Dorf die Runde, Surur habe dem Trinken abgeschworen. Die Kunde ging von Mund zu Mund, groß und klein sprach davon. Zuerst wollte keiner so recht daran glauben. Einige

Neugierige machten sich auf den Weg, um selbst herauszufinden, was denn an der Neuigkeit Wahres sei. Einige eilten zu Surur, um ihn zu sich zum Essen einzuladen und ihn auf die Probe zu stellen, andere nahmen gleich eine Flasche Wein mit zu ihm hin, aber ihre Versuche waren erfolglos. Enttäuscht kehrten sie nach Hause zurück, sie hätten gar zu gern ihren Spaß gehabt.

Surur war an jenem Tag das interessanteste Gesprächsthema im Dorf. Überall wo er vorbeikam, steckten die Leute die Köpfe zusammen und stellten Mutmaßungen an.

"Hast du Surur gesehen?" flüsterte ein Klatschweib seiner Nachbarin zu. "Er geht ja richtig gerade und festen Schrittes, es sieht wirklich so aus, als sei er heute nicht betrunken. Aber sieh nur, was für ein ernstes Gesicht er macht. Er war doch vorher so ein fröhlicher Mensch und hatte immer ein Lächeln auf den Lippen."

"Er ist eben heute nicht mehr derselbe Surur wie gestern", gab die Nachbarin zurück. "Er hat dem Wein abgeschworen, dabei war das sein einziger Trost und seine einzige Freude - jetzt ist er wieder auf dem harten Boden der Realität gelandet."

Surur mußte all seinen Scharfsinn aufwenden, um immer wieder Situationen aus dem Weg zu gehen, die ihn hätten wankend machen können. Die erste Zeit war besonders hart, in seinem Innern war er wie ausgebrannt, und er hätte dem nur zu gern mit einem Schlückchen kühlen Weins abgeholfen. Immer wieder sprach er sich Mut zu. "Ich muß fest bleiben, ich habe keine andere Wahl, durch diese schwere Phase muß ich einfach hindurch. Mit einem starken Willen kann ich das schaffen." Einen ganzen Monat lang blieb er eisern bei seinem Vorsatz, das gab ihm Zuversicht und Selbstvertrauen. Wer Surur näher kannte, konnte darüberhinaus feststellen, daß

auch in seinem Wesen eine deutliche Veränderung eingetreten war.

Als Baha', der Kaufmann, davon erfuhr, kam Zorn in
ihm hoch. Für ihn stand fest, daß Surur das nur getan hatte, um ihn zu provozieren. Es würde nicht lange dauern,
da käme er ihm schon wieder mit der unsinnigen Bitte
um die Hand Nuzhas. Er ließ sich aber nichts anmerken
und tat, als gehe ihn das alles nichts an. Wenn ihn einer
direkt auf Sururs Wandel ansprach, tat er das Ganze zuerst einmal als Humbug ab. "Eher wird eine Nutte zu einer ehrbaren Frau, als daß ein Trinker aufhört zu trinken", lautete seine Meinung. "Wer einmal trinkt, trinkt
bis ans Ende seiner Tage. Es mag ja sein, daß er dazwischen eine Pause einlegt, weil er meint, er könnte so einiges wieder in Ordnung bringen, was er sich im Suff ver-
scherzt hat. Aber lange geht das nie gut, und danach
dafür umso ärger wieder los. Der Alkohol ist Teufels-
werk", so endeten gewöhnlich seine Ausführungen in
dieser Angelegenheit, "er macht die Leute betrunken, und
dann achten sie die gesellschaftlichen Werte nicht mehr.
Das Beste ist, man hat mit solchen Leuten überhaupt keinen Kontakt, und heiraten sollte man so jemanden schon
gar nicht."

Seine alte Dienerin Salima fing an zu lachen, als sie
ihn so sprechen hörte, hatte sie ihn doch gerade zwei Tage zuvor dabei beobachtet, wie er des nachts betrunken
nach Hause kam, schwankend auf der Treppe stand und
dabei wie ein verängstigter Vogel mit piepsender Stimme
kleine Schreie ausstieß. Da hatta er wohl auch seine Verzweiflung ertränken müssen, hatte den Gedanken an seine Frau, die im Jahr zuvor gestorben war, an seinen Sohn,
der ohne etwas zu sagen vor drei Jahren einfach das Haus
erlassen hatte, und schließlich an seine Tochter, die
schwerkrank dahinsiechte, nicht mehr ertragen. Salima
wurde für ihr Lachen mit bösen Blicken von ihrem Herrn

gestraft. "Was lachst du da, du alter Esel mit den grauen Haaren. Geh mir aus den Augen", fuhr er sie an, so daß sie zu zittern anfing.

"Nichts, gar nichts", ihre Stimme bebte, "ich habe nur an einen Witz von früher gedacht."

Alle, die Zeuge dieser Szene waren, brachen in lautes Gelächter aus. "Erzähl uns doch den Witz, damit wir mitlachen können", spotteten sie und schüchterten Salima noch mehr ein. Sie sah angsterfüllt in die Runde, drehte sich um und schlurfte zur Tür.

"Ich bin alt und vergeßlich geworden", murmelte sie vor sich hin und ging beschämt hinaus, "ich bin eine alte vergeßliche Frau. Ich kann mich auf einmal nicht mehr an den Witz erinnern." Schallen des Gelächter dröhnte ihr nach.

Die Enthüllung

Als die Sonne ihre frühen Strahlen als Vorboten eines neuen Tages über den Horizont schickte, bekundete der Hahn als erster seine Freude darüber und begrüßte lauthals krähend den jungen Tag.

Von der kühlen Morgenluft belebt, erwachte das Dorf allmählich aus tiefem Schlummer. Geschäftig machten sich die ersten Vögel auf die tägliche Nahrungssuche, um ihrer ewig hungrigen Brut die nimmersatten Schnäbel zu stopfen. Der Schrei des Hahns holte zuguterletzt auch Tito aus dem Schlaf. Er beschloß, die Gelegenheit zu nutzen und an diesem Tag mit Mulham hinauszugehen, um sich bei der Arbeit auf dem Feld nützlich zu machen. Lange genug war er jetzt Tag für Tag im Haus geblieben, auch zum Lesen hatte er keine rechte Lust mehr, nachdem er sich nun schon seit Wochen damit die Zeit vertrieben hatte. Er brauchte einfach Abwechslung, mußte einmal etwas anderes tun. Er war gerne mit dem Freund zusammen, hatte sich jeden Tag darauf gefreut, wenn Mulham endlich vom Feld heimkehrte und er sich mit ihm unterhalten konnte. Die unterschiedlichsten Fragen aus Literatur, Geschichte, Politik, Religion und Philosophie hatten sie in den gemeinsamen Stunden, die für Tito die schönsten des Tages waren, erörtert. Tito hatte dabei feststellen können, wie umfassend sein Freund gebildet war, wie treffend er die Dinge beschrieb, wie scharf sein Verstand arbeitete. Immer wieder war Tito davon überrascht, wie klar sein Freund in Worte zu fassen vermochte, was sich ihm selbst nur als schwer zu greifende Gedankengänge und Empfindungen darstellte. Oftmals kam in ihm sogar der Verdacht hoch, Mulham könne womöglich Gedanken lesen oder sei gar eine Art Wahrsager, denn er konnte sich einfach nicht erklären, woraus sein Freund seine treffsicheren Schlußfolgerungen zog. Wenn er Fragen stellte, dann keineswegs in der Art, in der ein Polizist oder ein Richter versuchen mochte, konkret auf den Grund der Tatsachen zu sehen. Er stellte vielmehr ein Problem in den Raum und versuchte dann, es zu hinterfragen. Er beleuchtete die jeweilige Angelegenheit von allen Seiten und ging dabei so sachlich vor, daß sein Gegenüber den Eindruck bekam, es ginge nicht mehr in erster Linie um ihn, sondern sie beide erörterten lediglich gemeinsam ein Thema. Mulhams Vorgehen gab dem Gesprächspartner Gelegenheit, über die eigenen Vorstellungen Klarheit zu gewinnen, indem er das Gespräch in verschiedene Richtungen laufen ließ, es dann aber immer wieder an die Stelle zurückbrachte, die er als Dreh -und Angelpunkt der Fragestellung erkannt hatte. Irgendwann merkte sein Gegenüber dann von selbst, welchem Punkt er die ganze Zeit ausgewichen war. Mulham drängte sich seinem Gast niemals neugierig auf, sondern setzte alles daran, daß dieser sich wohl fühlte, versorgte ihn mit Speis und Trank und bemühte sich um eine Atmosphäre, aus der die Seele Frieden und Zuversicht schöpfen konnte. Und Tito nahm das Gegebene an, so daß sich ein immer tieferes Vertrauen entwickelte, der Umgangston immer ungezwungener wurde.

An diesem Morgen also gingen Tito und Mulham gemeinsam hinaus aufs Feld. Auf den Fluren lag noch der frische Tau, ein sanfter Windhauch bewegte zarte Zweige, ließ ihre Blätter leise flüstern und gab bisweilen den Blick frei auf ein Nest, aus dem hungrige Vogelkinder schreckhaft herüberäugten. Tito teilte seinem Freund die innere Freude, die der Augenblick in ihm erweckte mit. "Dieser Morgen ist wunderschön, ich fühle mich wie neu geboren in Augenblicken wie diesen. Das Glück liegt in den schlichten Dingen verborgen, die einfache und klare Empfindungen hervorrufen, wie dieser sanfte Wind am Morgen und das sanfte Rauschen der Blätter. Man täuscht sich gewaltig, wenn man meint, man könne das Glück fassen, indem wenn man versucht, es zu fangen."

"Wie recht du hast", erwiderte Mulham lächelnd, "je mehr man versucht, des Glückes habhaft zu werden, desto schneller versiegt seine wahre Quelle, die in uns selbst liegt, und aus der es von selbst entspringt. Nicht großartige Pläne machen die Menschen glücklich, sondern sie brauchen das Gefühl, mit ihrer Umgebung harmonisch im Einklang zu stehen. Das Leben ist voller kleiner und unscheinbarer Ereignisse, und wenn wir sie beachten, können wir aus ihnen positive Gefühle schöpfen und so gegen die innere Leere und Verzweiflung angehen."

Als Mulham nicht weitersprach, ergriff Tito das Wort. "Aber dann erkläre mir doch, warum den Menschen so oft der Sinn für die Faszination fehlt, die von so schönen Dingen wie der Natur zum Beispiel ausgeht! Und warum ist diese Faszination in anderen Momenten dann doch wieder spürbar? Ich weiß von mir selbst, daß es Zeiten in meinem Leben gegeben hat, in denen ich keinerlei Verbindung mehr zur Natur hatte, ein heraufdämmernder Morgen oder ein leuchtend roter Sonnenuntergang weckten keinerlei besondere Empfindungen mehr in mir. Da konnte ich an einem rauschenden Bach stehen, durch einen Park spazieren oder auf einen Berg steigen, es war nie so wie es jetzt ist. Die Natur bedeutet für mich inzwischen so viel mehr."

"Das Erleben der Faszination steht mit der psychischen Verfassung in Zusammenhang. Die Welt stellt sich in Abhängigkeit von der jeweiligen Stimmung dar, der Seelenzustand gibt dem Erlebten die Färbung. Das Äußere erscheint immer im Lichte der inneren Verfassung. Es ist, wie wenn man eine Brille mit dunklen Gläsern aufsetzt, die natürlichen Farben werden entstellt und dunkel. Es ist die Einstellung, die zählt, so zum Beispiel im Umgang mit der Natur. Eine umweltfreundliche Einstellung hat positiven Umgang mit der Natur zur Folge, läßt Liebe zur Natur wachsen und führt dazu, daß der Mensch für ihre Schönheit ein Gefühl entwickelt. Wenn hingegen die innere Einstellung von Achtlosigkeit und Überheblichkeit geprägt ist, So führt das zur Ausbeutung der Natur. Es ist einfach so, daß der Wert, den wir den Dingen zumessen, von unserer gedanklichen Konzeption und unserer seelischen Einstellung abhängt. Und heutzutage brauchen die Menschen eine sinnvolle Erziehung, die ihnen die verlorene ästhetische Wahrnehmungsfähigkeit für die Dinge in ihrer Umgebung wieder nahebringt. Das Leben ist für den Einzelnen kompliziert geworden, und die Beziehungen der Menschen untereinander sind von dem Streben nach immer mehr beherrscht. Und deshalb wird auch der Wert aller Dinge danach festgelegt, inwiefern sie diesem Wunsch entgegenkommen. Aber das Vertrackte daran ist, daß ein erfüllter Wunsch tausend neue gebiert."

"Und wie sieht es mit solchen Problemen im Dorf der Verrückten aus?" warf Tito dazwischen.

"Wir versuchen in unserem Dorf schon seit geraumer Zeit, uns vor den Einflüssen aus der Außenwelt zu schützen. In den letzten Jahren haben wir alles getan, um unsere Eigenständigkeit zu wahren, und das ist schon allein wegen der Lage des Dorfes in unmittelbarer Nähe zur Stadt X nicht gerade einfach. Trotzdem konnten wir uns bis jetzt neutral verhalten, trotz zahlreicher Verschwörungen, die von den anderen Städten gegen uns geführt wurden. Noch hat uns keiner in die Knie gezwungen, wir haben alle Versuche, uns in die Auseinandersetzung zwischen den anderen Städten und der Stadt X hineinzuziehen, abwehren können. Allerdings dräuen unheilvolle Wolken über unseren Köpfen, seit der neue Dorfvorsteher im Amt ist. Jetzt hat die Zwietracht Einzug gehalten, jeder weiß, daß Spione aus den Städten der Allianz am

Werk sind. Der Dorfvorsteher hat mit diesen Leuten rauschende Feste gefeiert und sich ihnen angebiedert. Obwohl die Entwicklung diesen Weg genommen hat und obwohl unser Gebiet seit Jahren Schauplatz von erbitterten Kämpfen ist, herrscht hier immer noch Freiheit und Unabhängigkeit, ist hier ein Ort, an dem man noch über das Leben nachdenken und sich dabei sicher fühlen kann. Hier kann man vor politischer Verfolgung sicher sein, denn oberstes Gebot im Dorf ist Toleranz gegenüber Andersdenkenden, und darin sind sich alle einig."

Auf dem Feld angekommen, verspürten die beiden richtiggehend Lust, an diesem Morgen kräftig zuzupacken. "Dies ist mein Feld" Mulham machte eine weit ausholende Armbewegung, "und ich bin sehr stolz darauf. Meine Arme und Hände werden durch die Arbeit stark und geschickt und mein Geist gewinnt an Weite, weil er sich hier frei fühlt. Ich kann gar nicht mehr zählen, wie oft ich von hier schon die Inspiration zu einem Gedicht oder einem Lied mitgenommen habe. Hier ist meine geistige Zuflucht, hier habe ich die Wunden meiner Enttäuschungen gepflegt, hier habe ich Ruhe vor den schrecklichen Bildern gefunden, die mich von einem Ort zum anderen trieben. Aus diesem Ort ist in mir neue Hoffnung aufgekeimt, die ersten zarten und bescheidenen Wünsche sind hier geboren worden, für die in der rauhn Welt sonst so wenig Raum ist." Mulham seufzte tief. "Soll der Mensch nicht das Recht haben, seine Meinung frei zu äußern? Darf er sich nicht dagegen wehren, zwischen sich und seine Gefühlen eine Wand zu bauen? Wieso soll er sich nicht ein Dach über dem Kopf schaffen, damit er darunter sicher und geborgen ist? Warum sollte er nicht darüber reden, wenn ihn etwas bedrückt?"

Seine Gedanken führten Mulham in die Vergangenheit zurück. Er dachte daran, wie unglücklich er als Kind gewesen war, wie er die besten Jahre seiner Jugend herumvagabundierend verbracht hatte, an das Unglück, das ihm mit dem Tod seiner Frau widerfahren war.

Tito begriff, daß hinter den einzeln sich abzeichnenden Rippen des hageren Mannes, der vor ihm stand, ein großes und warmes Herz schlug, das einer Reihe von tragischen Ereignissen als Bühne dienen mußte. Es bedrückte Tito, daß sein Freund so viel Leid in seinem Leben erfahren hatte. Eine Welle des Mitgefühls stieg in ihm auf, jedoch ohne daß er deswegen an Mulhams seelischer Kraft gezweifelt hätte. Er litt ganz einfach mit ihm und bewunderte im Stillen die Reinheit der Seele dieses Mannes,dachte daran, was für ein wertvolles Geschenk so eine reine Seele sei, wie diese Seele allen Stürmen der Zeit standgehalten und dabei nichts von ihrer Reinheit eingebüßt hatte.

"Die Freiheit", hob Mulham an, "weiß nur derjenige zu schätzen, dem sie versagt war, genauso wie nur derjenige den Wert der Gesundheit kennt, der weiß, was es bedeutet, krank zu sein."

"Es gibt so viel Widersprüchliches und Unvorhersehbares im Leben der Menschen", gab Tito ruhig zurück. "Auf schlechte Zeiten folgen wieder gute, nach einer Phase der Erschöpfung kommt eine Phase der Erholung, Erfolg und Mißerfolg lösen einander ab. Was bleibt, ist nur der gute Wille jedes einzelnen Menschen, und auf den kommt es an, er ist der entscheidende Faktor für die Gestaltung des Lebenswegs. Und außerdem können wir auf die Hoffnung zurückgreifen, wenn wir einmal vor dem Nichts stehen."

Was Tito sagte, erfüllte Mulham mit Zuversicht. "Oh ja, wenn die Hoffnung nicht wäre", gab er seiner Zustimmung Ausdruck, "die Hoffnung, daß das Leben irgendwie weitergeht, die Hoffnung, daß das Gute eines Tage siegen wird." Dann versank der Dichter von neuem in seine Betrachtungen. "Was ich meine", hob er auf einmal wieder an, als ob ihm gerade etwas eingefallen sei, woran er lange nicht mehr gedacht hatte, "ist die Hoffnung als edle Regung des menschlichen Gemüts. Sie gibt dem Leben seinen wahren Sinn. Es geht dabei nicht um möglichst schnelle Befriedigung der Bedürfnisse oder die ständige Suche nach dem eigenen Vorteil ohne Rücksicht auf die Mitmenschen. Ich will dir dazu eine kurze Geschichte erzählen, damit du mich besser verstehst:

Eines Tages traf ein Beduine auf seinem Weg einen alten Mann, der gerade dabei war, Schößlinge in die Erde zu setzen, damit neue Dattelpalmen daraus wachsen sollten. Der Beduine war darüber zutiefst verwundert und fragte den Greis: Wieviele Jahre, denkst du, hast du noch zu leben? Der Alte lächelte, zögerte aber nicht mit der Antwort: Gewiß nicht mehr lange. Aber bedenke, daß unsere Vorfahren Dattelpalmen gepflanzt haben, damit wir satt werden, und nun pflanzen wir ebenfalls Dattelpalmen, damit unsere Nachkommen davon essen können.

Was ich mit dieser Geschichte zum Ausdruck bringen will, ist ganz einfach, daß das Leben der Menschheit aus einer fortlaufenden Kette von ineinandergreifenden Ereignissen besteht. Was die Menschen heute vollbringen, hat Einfluß auf spätere Generationen, und genauso hat das, was in einem Teil der Welt geschieht, Auswirkungen -und zwar je nachdem zum Guten oder zum Schlechten - auf die übrigen Teile der Welt."

"Wir haben genug geredet, wir müssen uns jetzt an die Arbeit machen", fuhr Mulham nach kurzem Schweigen fort. "Heute sind die jungen Bäumchen, die ich vor einiger Zeit hier eingesetzt habe, vom Unkraut zu befreien, denn das Unkraut entzieht ihnen die Nährstoffe und behindert sie in ihrem Wachstum." Er zeigte Tito, wo sie anfangen würden, und jeder nahm eine Hacke zur Hand. Es war den Bäumchen förmlich anzusehen, daß das Unkraut sie fast erstickte, und so war es jedesmal wie eine gute Tat, Sprößling um Sprößling aus seiner Bedrängnis zu befreien. Bis Mittag arbeiteten die beiden unermüdlich.und frohen Herzens, sie wurden nicht müde, ein Bäumchen nach dem anderen freizulegen. Die Arbeit ging ihnen mühelos von der Hand, sie taten sie gern und waren voll Eifer bei der Sache.

Als die Sonne am Mittag den Zenit erreichte und flirrend auf Felder, Wege und Wohnstätten herabschien, begaben sich Mulham und Tito zurück nach Hause, um der lähmenden Mittagshitze zu entgehen. Am Eingang zum Dorf hörten sie außergewöhnlich lautes Stimmengewirr und Geschrei. Obwohl er versuchte, etwas zu verstehen, konnte Mulham nicht heraushören, was der Grund für den Aufruhr war. Als er zu Tito hinsah, der sich ebenfalls bemühte, einen Sinn hinter der Unruhe zu erkennen, standen ihm Besorgnis und Unruhe deutlich ins Gesicht geschrieben. "Ich habe so ein unbestimmtes Gefühl, als sei etwas besonders Schreckliches passiert. Kannst du erkennen, was hier eigentlich los ist? Ich mache mir ernsthaft Sorgen um das Dorf der Verrückten, es hat sich einiges verändert in letzter Zeit, die Atmosphäre ist nicht mehr dieselbe wie früher, aber was hat jetzt dieser Tumult zu bedeuten?" Dann verfiel Mulham wieder ins Grübeln, seine Gedanken kehrten zu den düsteren Bildern zurück, die in der Tiefe seiner Erinnerung nisteten. Tito fiel nichts ein, was er ihm hätte erwidern können. Auch er spürte, daß etwas Ungewöhnliches vorgefallen sein mußte. Aber er wußte nicht eben viel über das Dorf und seine Vorgeschichte, trotz der Offenheit, die zwischen ihm und Mulham auch über dieses Thema herrschte. Er konnte sich also kein genaues Urteil bilden nd sagte lediglich, er hoffe, daß es nichts allzu Schlimmes sei. Unwillkürlich beschleunigten Mulham und Tito ihre Schritte, bis sie vor dem Haus des Dorfvorstehers auf eine Menschenmenge stießen. Mulham wandte sich an einen älteren Mann, der zornerfüllte Blicke in Richtung auf das Haus warf. "Was ist passiert?", fragte er ihn.

"Surur, der arme Kerl", in der Stimme des Mannes schwangen Traurigkeit und Zorn mit, "sie haben ihn überwältigt, es waren die Handlanger des Dorfvorstehers, sie behaupten, er hätte irgendein Haus eingebrochen. Das glaubt doch im Leben niemand, daß Surur zu so etwas fähig wäre. Es ist eine Verschwörung, ganz sicher, ein Komplott, der Himmel ist mein Zeuge. Ausgerechnet Surur, der so sanft ist, so aufmerksam und voller Liebe für seine Mitmenschen." Düster fügte er hinzu: "Es liegt ein Fluch über diesem Dorf, und es wird Unglück über uns kommen, wenn es so weitergeht. Es muß sich hier einiges ändern.

In der Nähe lachte jemand laut auf. Der Mann, der Mulham die Auskunft gegeben hatte, sah sich um, wer wohl so lachen mochte. Es war Dschabir, der Barbier, ein langer, dünner Kerl mit einem dichten Schnurrbart über den Lippen, über den sich die jungen Burschen im Dorf wegen seiner dürren Gestalt und seines langen Halses ständig lustig machten, indem sie vor ihm hin und her liefen, die Knie bei jedem Schritt hoch bis ans Kinn zogen und dabei "Tralala, der Storch ist da" riefen.

"Was gibt es dann da zu lachen, Storchenbein?" fuhr ihn der Alte wutentbrannt an. Der Barbier grinste hinterhältig, und sah Aufmerksamkeit heischend in die Runde. Dann reckte er sich zu seiner vollen Länge auf und verkündete den Umstehenden: "Eine wohlüberlegte Frage verdient auch eine sorgsam durchdachte Antwort. Die kannst du von mir gerne bekommen, alter Ziegenbart. Wenn du wirklich wissen willst, worüber ich lache, dann muß ich es dir natürlich sagen: Es liegt an deiner Dummheit und Einfalt, daß sich meine Backenmuskeln so verziehen. Jedes Kind merkt doch, daß du dir die Dinge ganz einfach nach deinen eigenen Vorstellungen und Vorurteilen zurecht legst." Sein Gegenüber war sprachlos, denn mit so einer Frechheit und noch dazu vor allen Leuten hatte er nicht gerechnet. Sein Gesicht wurde rot vor Zorn, er verlor die Beherrschung und ging auf seinen Gegner los.

"Du bist ein mieser Schuft, ich werde dir eine Lehre erteilen, die du so schnell nicht vergessen wirst."

Doch bevor Schlimmeres geschah, ging auf einmal die Tür zum Haus des Dorfvorstehers auf, und ein finster. dreinschauender, breitschultriger Mann mit zusammengepreßten Lippen trat daraus hervor. Es war Hamid, der Amtsschreiber, der außerdem in seiner Funktion als Gemeindesprecher die Beschlüsse des Dorfvorstehers nicht nur schriftlich festzuhalten, sondern auch mündlich den Dorfbewohnern mitzuteilen hatte. Mit ungnädigen Blicken sah er auf die Menge herab und brüllte: "Was wollt ihr hier? Was schreit ihr hier herum und streitet und zankt?"

Das Stimmengewirr verstummte, die Streithähne ließen voneinander ab, die einen versteckten sich hinter den anderen, damit man ihre bei den Handgreiflichkeiten zerrissenen Kleider nicht sehe und um auf die Frage nicht antworten zu müssen. Hamid musterte die schweigende Menge und fragte noch einmal, weniger laut, fast freundlich, nach dem Grund für die Versammlung.

"Sagt ehrlich und offen, was los ist! Wir sind hier alle eine große Familie und haben es nicht nötig, einander etwas zu verschweigen. Ist vielleicht irgendwo im Dorf ein Unglück geschehen?" Es war nicht das erste Mal, daß Hamid vor die Leute trat, und die Art, wie er seine Fragen an sie richtete, entsprach seinem mürrischen und gleichzeitig verschlagenen Wesen. Er konnte sehr gut sein hartes Herz hinter einer Maske der Sanftmut verbergen, wenn es darum ging, hinter ein Geheimnis zu kommen oder die Pläne der anderen zu durchkreuzen. Daß er sich jetzt ruhig und freundlich gab, war für diejenigen, die ihn kannten und durchschauten, ein Anlaß für die Annahme, er wolle wohl die Umstände um die Verhaftung Sururs verschleiern.

Aus der Menge trat ein Mann hervor. "Uns ist zu Ohren gekommen, daß Surur verhaftet worden ist", seine Stimme klang ein wenig heiser. "Uns ist nicht klar, warum, es sind mehrere Gerüchte im Umlauf, er soll einer Frau nachgestiegen sein, wird behauptet, er sei in ein Haus eingebrochen, sagen andere. Wir sind hier, weil wir wissen wollen, was es mit der Sache auf sich hat."

"Nun gut! Ich werde euch berichten, was wirklich vorgefallen ist. Gestern um Mitternacht war ich mit Wahschi, dem Gemeindewächter, unterwegs zu mir nach Hause. Da hörten wir auf einmal einen dumpfen Schlag, so als sei etwas Schweres auf den Boden gefallen. Wir sahen nach und stellten fest, daß das Geräusch wohl von einem heruntergefallenen Faß verursacht worden war, das neben einer Hausmauer auf dem Boden lag und noch ein wenig hin und herrollte. Als wir an der Mauer nach oben sahen, sprang gerade eine Gestalt herunter, die sofort davonrannte, als sie uns erblickte. Wir nahmen sofort die Verfolgung auf und rannten hinterher. Es dauerte eine ganze Weile, bis wir den Flüchtenden zu fassen bekamen, und als wir ihm dann ins angsterfüllte Gesicht sahen, war es Surur, den ihr alle als den Trinker kennt. "Seit wann betätigst du dich denn als Einbrecher und Dieb?" fragte ihn Wahschi. Surur konnte kaum antworten, so sehr schnürte ihm die Angst die Kehle zu. Er habe nur ein kleines Faß Wein mitgehen lassen, ob wir ihm verzeihen könnten, es sei das erste Mal, wir sollten niemand etwas davon sagen, flehte er uns an. Aber darüber konnte ich nur lachen, denn das wissen wir ja alle, daß auch der größte Dieb einmal klein angefangen hat, und daß es am besten ist, wenn man gleich den Anfängen wehrt." Hamids Stimme wurde jetzt wieder lauter. "Genau so ist es gewesen", schloß er.

"Ihr wißt jetzt alles vom Anfang bis zum Ende, und wenn es der eine oder andere auch nicht glauben will, so ist es doch die Wahrheit, Wahschi und ich sind Zeugen."

"Es ist aber das erste Mal gewesen, ich finde, man sollte ihm verzeihen", ließ sich eine Stimme aus der Menge vernehmen.

"Darüber habe ich nicht zu entscheiden", bei diesen Worten zog Hamid mißmutig die Augenbrauen zusammen. "Hier ist der Dorfvorsteher zuständig, und der hat vor, ihn gehörig zu strafen. Surur ist gefährlicher als gewöhnliche Diebe, denn er heuchelt Friedfertigkeit und macht sich beliebt, um dann heimlich zu stehlen und, wenn er betrunken ist, die Mädchen im Dorf zu belästigen."

"Er trinkt aber schon seit einer Weile nichts mehr", ergriff wieder einer aus der Menge das Wort. Aber Hamid lachte nur hämisch:

"Glaubt ihr wirklich, daß jemand wie Surur das Trinken lassen kann? Der tut doch nur so, damit niemand ihm auf die Schliche kommt."

Nun konnte Mulham nicht mehr an sich halten. "Das sind alles Lügen, frei erfundene Lügen!", schrie er Hamid ins Gesicht.

"Ich kenne Surur am besten und weiß genau, daß er ein ehrenhafter Mann ist und niemals etwas stehlen würde. Und mir ist auch klar, wer hinter dem Ganzen steckt, nämlich Baha, der hat das ausgeheckt."

Baha', der Kaufmann, war unbemerkt zu der Menschenansammlung gestoßen und hatte sich unauffällig unter die Menge gemischt. Er wollte selbst sehen, wie es seinem Widersacher ergehen würde. Als er Mulhams Worte vernahm, stieg ihm die Zornesröte ins Gesicht und seine Halsschlagader schwoll an. Er beherrschte sich jedoch und versuchte, sich keine Blöße zu geben.

"Hüte dich vor einem vorschnellen Urteil, Mulham", ließ er sich mit durchdringender Stimme vernehmen, "und gib acht, daß deine Einbildungskraft nicht allzu wilde Blüten treibt, wie es ja bei Dichtern häufig der Fall ist."

Mulham war verärgert. "Dann kannst du mir vielleicht erklären, was das für eine Hetzkampagne ist, die du gegen Surur führst, seit er nicht mehr trinkt? Was hast du denn damals genau gemeint, als von dir zu hören war, Surur wolle dich provozieren, indem er mit dem Trinken aufhörte?"

Baha' rang sich einen tiefen Seufzer ab und gab zurück: "Freundschaft und Liebe haben eines gemeinsam, sie machen blind, absolut blind gegenüber den Lastern des Freundes oder Geliebten. Deshalb suchst du verzweifelt nach einer Rechtfertigung für Surur, und sei sie noch so sehr an den Haaren herbeigezogen. Wir wissen alle, daß Surur dein engster Freund ist, Mulham. Deshalb ist auch klar, daß es mit Vernunft und Logik nichts zu tun hat, wenn du ihn jetzt verteidigst. Das ist sehr ungeschickt von dir. Was du sagst, gründet sich auf deine Sympathie und nichts anderes."

Mulham war jetzt sichtlich nervös. "Sag doch endlich ehrlich, auf was du hinauswillst, du hinterhältiger Fuchs! Willst du mich hier vor allen Leuten als Dummkopf hinstellen, als einen, der nicht weiß, was er tut? Die Sache ist doch klar, da brauchst du dich nicht weiter zu winden und Ausflüchte zu suchen. Um Surur wird nicht gefeilscht, das sollten du, der Dorfvorsteher und seine Handlanger sich endlich einmal hinter die Ohren schreiben. Wenn ich ihn hier verteidige, dann nicht, weil ich sein Freund bin, sondern weil Surur ein gütiger, ehrlicher und rechtschaffener Bewohner dieses Dorfes ist. Und wenn ihr noch so sehr versucht, ihn vor allen anderen schlecht zu machen, ich kann euch voraussagen, daß daraus nichts werden wird, es wird sich viel eher ganz massiv zu eurem eigenen Nachteil auswirken, ihr steht in Zukunft umso schlechter da und keiner wird euch verstehen."

Die Menge wurde unruhig. Eine Frau mit einem Kind auf dem einen und einem Gemüsekorb am anderen Arm, ließ sich vernehmen: "Da hat er wirklich recht. Ich kenne nur wenig Menschen, die so gütig sind wie Surur. Wenn irgendwo jemand krank ist, dann ist Surur als erster da, um einen Krankenbesuch abzustatten und gute Besserung zu wünschen. Wenn sich einer im Dorf um die Armen und die Witwen kümmert, dann ist es auf jeden Fall Surur."

"Das ist auch meine Meinung", sagte ein Mann im besten Alter. "Surur ist ein äußerst liebenswürdiger Mensch, sein einziges Laster ist der Alkohol."

Auf einmal rief ein kleiner Junge mitten in die Diskussion hinein: "Seht einmal, da kommt ja Nadya, die Frau des Parfümverkäufers." Das war in der Tat ein Ereignis, das alle Anwesenden baß erstaunte. Die Menge trat unaufgefordert auseinander, um Nadya hindurchgehen zu lassen. Erhobenen Hauptes und unerschrocken trat Nadya vor den Amtsschreiber hin. Sie musterte ihn geringschätzig von oben bis unten und herrschte ihn dann an: "Wo ist Surur, sprich, du mieser Nichtsnutz!"

Hamid brachte kein Wort heraus. Die Kinnlade fiel ihm herunter. Wie gebannt starrte er auf das engelsgleiche Wesen, das vor ihm stand und so kühn das Wort an ihn gerichtet hatte. Er vergaß alles um sich herum und ganz tief in seinem Herzen spürte er den Wunsch, dieser schönen Frau zu dienen. Seine Blicke umschlangen sehnsüchtig die Gestalt in den schwarzen Kleidern vor ihm, die durch die Trauerkleidung fast noch an Reiz gewann. Er dachte bei sich, welch eine Macht doch diese

Frau ausstrahlte, daß er nichts mehr sagen und nicht mehr klar denken konnte. Nadya schrie ihn ein zweites Mal an: "Hast du die Sprache verloren, du Idiot? Ist dir auf einmal die Zunge im Hals festgewachsen? Wo ist Surur? Was habt ihr mit ihm gemacht? War es nicht genug, daß mein Mann euren Intrigen und eurer Herrschsucht zum Opfer fallen mußte? Jeder weiß doch inzwischen, was ihr im Schilde führt und wie ihr dabei vorgeht. Es dauert nicht mehr lange, da wird euch die Rache derer ereilen, die ihr so ungerecht behandelt habt."

Hamid schluckte mehrmals unter großer Anstrengung. "Was redest du denn da, Nadya", brachte er endlich mühsam heraus, hängst du immer noch diesen Hirngespinsten nach? Es ist doch inzwischen hinlänglich bekannt, daß dein Mann unter ungeklärten Umständen zu Tode gekommen ist. Warum bringst du jetzt wieder diese falschen Verdächtigungen auf den Tisch? Wir hatten angenommen, daß du in der Zeit, in der du allein warst, noch einmal in Ruhe über die Sache nachgedacht hast und daß du jetzt wieder vernünftig bist."

"Du bist einfach nur dumm", gab Nadya voller Verachtung zurück, "wie ein Papagei sprichst du nach, was dein Chef dir vorsagt. Was du mir da erzählst, ist nicht neu für mich, wortwörtlich dasselbe hat dein Chef mir auch gesagt."

In diesem Augenblick öffnete sich die Tür hinter Hamid ein zweites Mal, und der Dorfvorsteher trat aus seinem Haus. Die Anwesenden reckten die Hälse und blickten respektvoll zu ihm auf. Seine Augen waren klein und rot, als hätte er seit Nächten nicht geschlafen. Er verzog die Mundwinkel in dem Bemühen, ein Lächeln zustandezubringen, und machte dabei den Eindruck, als ginge ihn das alles nichts an. Sein Blick wanderte zu Nadya, die nach wie vor aufrecht dastand, ihre Gestalt war so vollendet und vornehm wie die einer antiken Statue. Erst Nadyas Anblick entzündete die Lebensgeister des Dorfvorstehers, sie war die Frau, die er immer gewollt hatte. Er sah sie unverwandt an und dachte bei sich, wie wunderbar es sei, daß Nadya wieder zurückgekommen war. Er fand sie noch schöner als zuvor und bildete sich ein, die Trauer habe sicherlich ihre Züge veredelt. Und wie gut ihr die Trauerkleidung stand, sie machte sie in seinen Augen besonders anziehend. Die Stimme des Dorfvorstehers war ganz weich, als er sich an sie wandte: "Herzlich willkommen, Nadya! Ich bin sehr froh, daß wir uns endlich einmal wiedersehen. Die Leute haben damals gesagt, du hieltest es für besser, dich von den Menschen zurückzuziehen und ein abgeschiedenes Leben zu führen. Wir haben diesen Wunsch respektiert und wollten dich in deiner Ruhe nicht stören, deshalb haben wir dich auch nicht besucht. Bestimmt hast du recht gehabt mit deinem Entschluß, es tut jedem Menschen gut, wenn er einmal eine Zeit lang mit sich alleine ist, um ungestört über die Vergangenheit und die Gegenwart nachzudenken und mit Bedacht Pläne für die Zukunft zu schmieden. Deshalb wünsche ich mir für dich, daß die lange Zeit deiner Abgeschiedenheit für dich eine fruchtbare Zeit war."

"Das sind wirklich ungewohnt noble Worte aus deinem Mund." Nadya musterte ihn dabei abweisend. "Weshalb auf einmal die Sorge um mein Wohlergehen? Wenn dir so viel daran gelegen ist, warum hast du mich dann um meinen Mann gebracht und mir so viel Trauer und Leid verursacht?"

Der Dorfvorsteher starrte sie an und seine Stimme war auf einmal keineswegs mehr freundlich, als er ihr antwortete. "Was redest du denn, du bist wohl nicht recht bei Sinnen! Wie kannst du es wagen, solche Ungeheurlichkeiten in die Welt zu setzen? Wie kommst du dazu, ohne den geringsten Beweis mich, einen völlig Unschuldigen, derart zu verdächtigen? Du weißt doch genau, wie es gewesen ist. Dein Mann ist zur Jagd gegangen, und ein paar Tage später fand man ihn ermordet auf. Keiner außer Gott weiß, wie er zu Tode gekommen ist.''

Unwillkürlich mußte Nadya wieder an die Zeit denken, als ihr Mann noch lebte, und daran, wie glücklich sie beide miteinander gewesen waren. Sie spürte ein erstickendes Gefühl im Hals und einen dumpfen Schlag in der Gegend ihres Herzens. Aber sie kämpfte ihre Tränen nieder und wahrte die Fassung. Auf keinen Fall sollte der Dorfvorsteher ihre Schwäche bemerken. Tief in ihrem Herzen war sie unerschütterlich davon überzeugt, daß der Mann, der da vor ihr stand, der Mörder ihres Mannes war, daß er den Befehl gegeben hatte, ihn umzubringen. Dessen war sie sich vollkommen sicher, sie hatte nie den geringsten Zweifel daran gehegt. Die Frage war nur, wie sie das beweisen konnte, wie sie ihn überführen sollte. Wenn sie keinen Beweis dafür fand, würde ihr niemand glauben. Eins war jedoch sicher, der Beweis, wenn es denn einen gab, war im Haus des Dorfvorstehers zu suchen. In diesem Augenblick wußte Nadya, daß sie in das Haus des Dorfvorstehers würde hineingehen müssen, wenn sie wirklich den Beweis finden wollte.

Die Stimme des Dorfvorstehers riß sie aus ihren Betrachtungen. ''Ich sehe, daß du müde und erschöpft bist, liebe Nadya'', säuselte er, ''du brauchst sicherlich ein wenig Ruhe. Komm doch herein und ruhe dich aus, trink mit uns eine Tasse Kaffee. Wir wollen noch einmal über die Sache reden. Komm, ich bin bereit, mir alles anhören, was du zu sagen hast, selbst wenn du mir Vorwürfe machen willst.''

Nadya war sich nicht recht schlüssig. Sicher, das war eine günstige Gelegenheit. Sie sprach sich selbst Mut zu und dachte an ihre Rache. Ich sollte wirklich hineingehen, dachte sie bei sich. Was sollte ihr schon passieren, es war auf jeden Fall besser, diesem schlauen Fuchs vorzuspiegeln, sie wolle mit ihm zuammenarbeiten. Sie sagte sich, daß sie sich jetzt nicht ihren Gefühlen hingeben durfte, sonst wäre die Chance vertan und sie würde wieder der Trauer verfallen und am Schluß sich selbst verlieren, nachdem sie schon ihren Mann verloren hatte. Sie riß sich also zusammen und sagte zum Dorfvorsteher: "Einverstanden, schaden kann es ja nicht. Ich komme mit dir und wir wollen über den Tod meines Mannes reden."

An den Gesichtszügen des Dorfvorstehers war abzulesen, wie er sich langsam entspannte, als er ihre Zustimmung entgegennahm. Die Menge stand noch immer wortlos hinter Nadya. "Ihr könnt jetzt nach Hause gehen", rief der Dorfvorsteher ihnen zu. "Ihr braucht euch in dieser Angelegenheit keine Sorgen mehr zu machen."

"Und was passiert mit Surur?", wollte einer der Dorfbewohner wissen. Der Dorfvorsteher beschwichtigte ihn: "Darum werde ich mich kümmern, ich nehme die Sache selbst in die Hand und werde mir ein eigenes Urteit bilden. Meinen Entschluß teile ich euch in Bälde mit. Wenn Surur unschuldig ist und kein Verbrechen begangen hat, könnt ihr sicher sein, daß er binnen kurzem frei kommt. Ich möchte euch nun bitten, Ruhe zu bewahren und mir die Angelegenheit anzuvertrauen. Ihr könnt sicher sein, daß niemand in diesem Dorf ungerecht behandelt wird."

Daraufhin verlief sich die Menge allmählich. Zuletzt standen nur noch der Dorfvorsteher, Nadya und Hamid, der Amtsschreiber auf dem leeren Platz. Sie verschwanden alsbald hinter der großen hölzernen Tür.

Eine schwierige Mission

Die ganze Nacht über wurde allenthalben im Dorf über Sururs Festnahme debattiert. Es bildeten sich zwei Lager, die einen hielten die Vorwürfe für gerechtfertigt, die anderen konnten so etwas nicht glauben. Mulham war die ganze Nacht in einem äußerst angespannten Zustand, er konnte sich einerseits auf nichts konzentrieren und andererseits keinen Schlaf finden. Aus seinen Worten und seinem Gesichtsausdruck las Tito ab, in welchem Maß ihn diese Angelegenheit beunruhigen mußte. Er blieb die halbe Nacht in seiner Nähe und leistete ihm Gesellschaft, um ihm über den Schock hinwegzuhelfen. Schließlich übermannte Tito die Müdigkeit, er fiel todmüde auf sein Bett und versank augenblicklich in tiefen Schlaf. Mulham blieb mit seinen Sorgen und Nöten allein, fühlte sich machtlos und verlassen wie einer, der in einer Nußschale auf stürmischer See dem Spiel der Wellen ausgesetzt ist. Er legte sich hin, aber er konnte nicht einschlafen. Später in der Nacht stand er wieder auf und ging hinaus in den Hof. Die Nacht war sternenklar und von abgrundtiefer Stille, weder Grillenzirpen noch Hundegebell störten die Welt in ihrem bleiernen Schlaf. In Mulhams Seele jedoch wogten wilde Stürme, er hätte schreien mögen, oder singen oder einfach weinen. Vor seinem inneren Auge erschien plötzlich Surur und lachte laut heraus, seine Stimme zerriß die schweigende Nacht. Schließlich legte Mulham sich wieder in sein Bett und wartete unruhig und mit rasenden Gedanken auf den Anbruch des nächsten Tages.

Am anderen Ende des Dorfes lag in dieser Nacht noch jemand anders wach. Der Dorfvorsteher wälzte sich von einer Seite auf die andere und machte sich Gedanken über Nadya, darüber,daß sie sich so lange von der Dorfgemeinschaft zurückgezogen hatte und daß sie jetzt wieder aufgetaucht war. Eine Vielzahl von Fragen kamen dem Dorfvorsteher wieder in den Sinn, die sich während Nadyas Abwesenheit irgendwo in einem Winkel seines Herzens versteckt hatten. Am Nachmittag hatte er lange Stunden mit Nadya in seinem Haus verbracht, sie nach ihrem Befinden gefragt und danach, was sie die ganze Zeit gemacht hatte. Er hatte ihren verstorbenen Mann in den höchsten Tönen gelobt, seine Qualitäten hervorgehoben und gewünscht, Gott möge ihm die ewige Ruhe geben.

Davon, daß er sie begehrte, hatte er ihr sicherheitshalber noch nichts gesagt, um sie nicht vor den Kopf zu stoßen, denn dann wäre diese wunderbare Gelegenheit, ihr näherzukommen, vertan gewesen. Aber er hatte wieder Hoffnung geschöpft, sie für sich zu gewinnen, nachdem er zuvor nicht geglaubt hatte, er werde sie nach dem Tod ihres Mannes jemals wiedersehen. Er hatte sich sogar zu einem Meineid hinreißen lassen und ihr geschworen, er habe mit dem Mord an ihrem Mann nichts zu tun. Immerhin war Nadya dadurch in ihrer Überzeugung, er sei der Mörder, wankend geworden, obwohl sie das Gefühl nicht loswurde, den Mörder ihres Gatten vor sich zu haben. Irgendwann hatte sie nicht mehr recht gewußt, was sie nun glauben sollte und ob vielleicht an den Worten des Dorfvorstehers nicht doch etwas Wahres sei. Äußerst behutsam und geschickt hatte er ihre Vorwürfe von sich gewiesen und entschärft und zu guter letzt sogar einen Schwur geleistet, so daß Nadya gänzlich verwirrt und fast soweit gewesen war, seinen Worten Glauben zu schenken. Sie hatte sogar für einen kurzen Moment ihre Rache vergessen. Als sie jedoch das Haus des Dorfvorstehers verlassen hatte, war der Haß wieder wie zuvor erwacht und sie hatte begonnen, genau zu überlegen, wie sie ihre Rache befriedigen konnte.

In dieser Nacht fand der Dorfvorsteher keinen ruhigen Schlaf, er malte sich aus, wie es sein würde, wenn Nadya bei ihm im Bett wäre, wie zart sich ihre Haut anfühlen mußte, wie er in ihre honigfarbenen Augen blicken, ihre ebenmäßig geschwungenen Lippen küssen würde, Lippen, wie ein Künstler sie perfekter nicht hätte zeichnen können. Eine Welle heißer Lust stieg in ihm auf, unruhig warf er sich im Bett hin und her, umschlang die Kissen und Decken mit seinen Armen und liebkoste sie unter heißen Tränen, bis er sich irgendwann beruhigte und sich sagte, daß er sich noch würde gedulden müssen. Immerhin hatte Nadya ihm dieses Mal keinen, direkten Korb gegeben. Hatte sie nicht gesagt, sie sei bereit wiederzukommen, wenn er sie dazu einladen wolle. Selbstverständlich hatte er sich das nicht zweimal sagen lassen, sondern ihr sofort angeboten, sie sei jederzeit in seinem Haus willkommen, sie könne kommen, wann immer sie es wünsche. Seine Frau sei oft alleine, hatte er sein Ersuchen begründet, sie sei sicher froh über den Besuch einer Frau wie Nadya, mit der sie sich uterhalten könne. Und Nadya hatte nichts dagegen gehabt.

Der Dorfvorsteher hatte in seinen kühnsten Träumen nicht zu hoffen gewagt, daß Nadya sich so nachgiebig zeigen würde. Die ganze Zeit hatte er sie als stolze, selbstsichere Frau gekannt, deren Urteil scharf und treffend war und der keiner so leicht etwas vormachte. Die Zeit war ein mächtiges Element und konnte grundlegende Veränderungen in den Menschen bewirken, versuchte er sich das Unglaubliche zu erklären, kamen nicht immer wieder Fälle vor, in denen die Hartnäckigsten ihren Standpunkt änderten, die Unnachgiebigsten sanft wie Lämmer wurden? Solcherart Gedanken kreisten im Kopf des Dorfvorstehers und raubten ihm den Schlaf. Zu schön war die Vorstellung, seine Träume könnten sich erfüllen, andererseits war er sich nicht schlüssig, wie er Nadyas Sinneswandel zu bewerten hatte. Hoffnung und Zweifel erfüllten abwechselnd sein Herz.

Auf ihrem Nachhauseweg machte sich Nadya ihre eigenen Gedanken. Er war also wieder am Werk, der hinterhältige Mensch, legte seine Schlingen aus. Diesmal würde sie aber seine Pläne vereiteln, sie würde ihm nicht in die Falle gehen, sich nicht von ihm jagen lassen, sondern diesmal den Spieß herumdrehen und selbst der Jäger sein. Es würde sich bald zeigen, wem das größere "Jagdglück" beschieden sein würde. Ja, sie mußte die Sache genau durchdenken, den Plan perfekt ausarbeiten, sie durfte ihn auf keinen Fall merken lassen, was sie wirklich dachte und fühlte.

In diesen Tagen tauchten nach langer Zeit Hauasin und Said plötzlich wieder im Dorf auf. Freunde und Bekannte fragten sie verwundert, wo sie denn die ganze Zeit gewesen seien. Die beiden führten Geschäfte als Grund an, davon, daß sie beim gemeinsamen Oberkommando der alliierten Städte gewesen waren und von dort einen Auftrag mit brachten, sagten sie jedoch niemandem etwas. Ihre Mission bestand darin, dem Oberkommando Informationen über die Lage im Dorf der Verrückten zukommen zu lassen, die Bewohner auszuspionieren, die Entwicklung genau zu verfolgen, zu beobachten, wer mit wem und wer gegen wen arbeitete, wie das Verhältnis der einzelnen Bewohner zum Dorfvorsteher und auch wie dessen Verhältnis zu den einzelnen Bewohnern aussah, und darauf zu achten, wie sich diejenigen verhielten, die aus der Stadt X ins Dorf kamen. Das alles war von höchstem Interesse für die Allianz, denn das Dorf der Verrückten war neutrales Gebiet, dort duldete man nicht, daß sich irgendjemand von außen in die Dorfangelegenheiten einmischte. Dieser Status war den gemeinsamen Streitkräften der alliierten Städte ein Dorn im Auge, denn das neutrale Gebiet in unmittelbarer Nähe des einzigen begehbaren Zugangs zur Stadt X bildete eine unüberwindbare Hürde auf ihrem Feldzug. Schon mehrfach hatte man beim Oberkommando erwogen, das Dorf mit Waffengewalt einzunehmen, aber die vorhergegangenen mißlungenen Versuche hatten gezeigt, daß dafür ungeheure Mittel aufzubringen wären, denn die Dorfbewohner hatten sofort eine geschlossene Front gebildet, und verbissen um ihre Freiheit gekämpft. Schon ihre Väter und Großväter waren als mutige Kämpfer bekannt gewesen und hatten schon früher unter Einsatz ihres Lebens das Dorf immer wieder gegen Invasionsarmeen verteidigt. Das Dorf wirkte wie eine der Stadt X vorgelagerte Festung. In der Zwischenzeit hatten sich benachbarte Dörfer mit dem Dorf der Verrückten zusammengeschlossen, und gemeinsam bildeten sie ein neutrales Gebiet an der Grenze zum Einzugsbereich der Stadt X.

Diesmal hatten Hauasin und Said den Auftrag bekommen, sich in die streitenden Gruppierungen einzuschleichen, um die verfeindeten Gruppen noch mehr gegeneinander aufzuhetzen. Sie sollten falsche Informationen verbreiten und alles tun, um die Zwistigkeiten zu verschärfen und die Fronten zu verhärten.

Es war an einem außergewöhnlich heißen Tag um die Mittagszeit. Die Sonne stand an ihrem höchsten Punkt und sandte ihre glühenden Strahlen herab. Die Menschen suchten an Flüssen und Seen Kühlung. Keiner war mehr auf der Straße, das Dorf war still und wie ausgestorben. Hauasin und Said saßen im Schatten unter einem weit ausladenden Baum.

"Ich habe den Eindruck, die Lage hier im Dorf ist zur Zeit äußerst gespannt", wandte sich Hauasin zu seinem Partner. "Surur ist von den Handlangern des Dorfvorstehers festgenommen worden, und damit sind viele hier im Dorf nicht einverstanden. Außerdem habe ich mir sagen lassen, Nadya sei wieder aufgetaucht und sie sei sogar im Haus des Dorfvorstehers zu Besuch gewesen. Worüber sie dort gesprochen haben, weiß niemand. Dann ist da noch der Fremde, der vor einiger Zeit angekommen ist. Er ist nach wie vor ständig mit Mulham, dem Dichter, beisammen. Mit den anderen Fremden, die bei William, dem Engländer, Unterricht nehmen, hat er offensichtlich nichts zu tun. Der Vater von diesem William hat früher irgendwann einmal ein Mädchen aus dem Dorf zur Frau genommen, ist aber nach kurzer Zeit an einer unheilbaren Krankheit gestorben. Zwei Wochen nach seinem Tod brachte seine Frau einen Sohn zur Welt, den sie William nannte, weil der Vater dies auf dem Sterbebett gewünscht hatte. Der Junge wuchs heran, und sein engster Freund war Hassan, der Mystiker, der ihn im Glaubenssystem der Sufi-Lehren unterwies. Eines Tages jedoch verschwand Hassan urplötzlich aus dem Dorf. Gerüchte besagten, er habe sich in die Stadt X abgesetzt. William trat daraufhin die Nachfolge seines Lehrers an, gab selbst Unterricht in den Lehren der Mystik und entwickelte sich zu einem echten Meister seines Fachs. Er führte selbst einige Verbesserungen ein, wie etwa die Verwendung von Farben in der kontemplativen Musik. Die meisten der Teilnehmer seiner Sitzungen waren Fremde, Flüchtlinge, die ins Dorf der Verrückten gekommen waren, nur wenige kamen aus dem Dorf selbst. Ihre Riten und Übungen führten sie in völliger Abgeschlossenheit von der übrigen Welt und ihren Ereignissen durch und deshalb nannte man sie im Dorf alsbald "die Verrückten". Irgendwann bezeichneten Außenstehende das gesamte Dorf mit "Dorf der Verrückten", und unter diesem Namen ist es jetzt allgemein bekannt. Den ursprünglichen Namen "Al-Qasiya" kennen heute nur noch wenige. Al-Qasiya bedeutet "das Dorf in der Ferne".

Said strich sich über den Bart. "Der Augenblick ist günstig für unseren Auftrag", meinte er dann. "Im Dorf sind sie sowieso schon zerstritten, da brauchen wir nichts weiter zu tun, als den Zorn ein wenig zu schüren, dann werden sie einander irgendwann selbst die Köpfe ein-schlagen. Wir werden dafür vom Oberkommando reich-lich belohnt, und den Rest unseres Lebens lassen wir es uns gutgehen."

"Immer mit der Ruhe, mein Freund", lachte Hauasin, "ganz so einfach ist es nun auch wieder nicht. Wir müs-sen verflixt aufpassen und vorsichtig sein, wenn da ir-gendwas schief geht, ist es nämlich gleich aus mit uns."

Said bekam es mit der Angst zu tun. "Ist es denn so gefährlich, daß es uns das Leben kosten kann?", fragte er ganz langsam und wie gelähmt.

Hauasin sah ihm ins Gesicht und bemerkte, daß er ganz blaß geworden war. "Davon kannst du mit Sicher-heit ausgehen", sagte er kalt. "Wenn im Dorf irgendeiner mitbekommt, was wir vorhaben, dann werden sie uns er-barmungslos jagen. Vom Oberkommando können wir dann keine Hilfe mehr erwarten, denn in diesem Augen-blick sind wir für die nicht mehr interessant. Aber du kannst beruhigt sein, niemand weiß von unserer Mission außer dem Oberkommando und uns selbst. Wir müssen uns jetzt genau überlegen, wie wir die Sache anpacken wollen." Hauasin dachte kurz nach. "Hast du schon ir-gendeine Vorstellung, wie wir vorgehen sollen?"

"Wie sollte ich, bis jetzt wußte ich ja nicht einmal ge-nau, wie es im Dorf eigentlich aussieht."

"Was im Dorf geschieht, ist völlig neu für die Bewoh-ner. Das haben sie bis jetzt noch nicht erlebt, mit so einer Situation können sie noch nicht umgehen. Ich glaube, das ist für uns ein immenser Vorteil." Er schwieg kurze Zeit. "Kannst du mir das erklären, Said? Warum ist Nadya aus ihrer selbstauferlegten Einsamkeit wieder ins Dorf ge-kommen? Immerhin hatte sie in aller Öffentlichkeit ge-schworen, daß sie, solange sie lebte, kein Wort mehr mit irgendjemand im Dorf wechseln würde. Und dann ist sie sogar noch beim Dorfvorsteher zuhause gewesen, dabei ist der doch ihr erklärter Erzfeind."

"Einsamkeit ist hart", gab Said zurück. "Auch wenn man sie vielleicht für eine gewisse Zeit braucht, so ist das doch kein Zustand, den der Mensch auf die Dauer ertragen kann. Schließlich sind die Menschen Lebewesen und ihre Herzen normalerweise nicht aus Stein."

Hauasin zeichnete mit dem Finger Linien in den Staub. "Trotzdem glaube ich nicht, daß das der Grund ist, auch wenn es ganz so aussieht und sicherlich viele dasselbe glauben. Ich kann mir einfach nicht vorstellen, daß Nadya ihren Standpunkt geändert hat. Sie war ja nach dem Tod ihres Mannes nicht einfach nur ein bißchen wütend auf den Dorfvorsteher, sondern in ihr Herz hat sich tiefer Haß gegen diesen Menschen eingegraben. Es ist einfach nicht logisch, daß sich dieser Haß nun in Freundschaft umgewandelt haben soll. Ich nehme an, daß sie einen Plan ausgeheckt hat, um den Dorfvorsteher zu stürzen oder sich sonstwie an ihm zu rächen. Anders ist ihr Vorgehen meiner Meinung nach nicht zu interpretieren."

Said atmete tief durch. "Nadya ist wirklich eine außerordentliche Frau. Selten habe ich eine derartige Schönheit gesehen. Derjenige, der sie zur Frau bekommt, kann sich wirklich glücklich schätzen."

"Für Romantik und Liebe haben wir aber keine Zeit", unterbrach ihn Hauasin lachend, "dazu ist unsere Mission viel zu gefährlich und kompliziert. Kalt und hart mußt du sein, mein Freund, fest wie ein Fels, für persönliche Sympathien ist hier nicht der richtige Ort."

Said nahm einen Stock in die Hand und stand auf. "Das kann ich dir versprechen, Hauasin. Wir machen es genau so wie verabredet, du kannst sicher sein, daß ich nichts unternehme, wenn ich es nicht vorher mit dir besprochen haben. Ich würde vorschlagen, wir machen uns heute abend jeder für sich noch einmal Gedanken darüber, was wir jetzt konkret in den nächsten Tagen unternehmen."

Nun stand auch Hauasin auf, sie brachen zusammen auf, trennten sich aber bald, und jeder ging seines eigenen Wegs.

Am Tag darauf, kurz vor Mittag, saß Nadya an ihrem spinnrad. Das Haus war leer und einsam und Nadya versuchte, mit dieser Beschäftigung gegen die Einsamkeit und die Langeweile anzukämpfen. Auf einmal hörte sie ein Klopfen an der Tür. Sie legte die Spindel beiseite und öffnete die Tür. Zu ihrer Überraschung stand der Amtsschreiber Hamid draußen. Sie erschrak fast vor der massigen Gestalt mit den breiten Schultern, die ihr da auf einmal von Angesicht zu Angesicht gegenüberstand. Der Empfang war keineswegs freundlich: "Was willst du?" herrschte sie ihn an. "Was suchst du hier?" Hamid brachte kein Wort heraus. "Rede endlich", forderte sie ihn barsch auf. "Was ist los?"

"Der Dorfvorsteher läßt dich grüßen." Hamids Stimme klang nicht gerde sicher. "Er lädt dich in sein Haus ein und bittet um deinen Besuch in einer wichtigen Angelegenheit, die er mit dir besprechen möchte."

Nadya wußte zunächst nicht, was sie darauf antworten, ob sie die Einladung annehmen oder ablehnen sollte. Sie erwägte das Für und Wider, während Hamid sie unverhohlen von oben bis unten musterte. Nichts ließ er aus, betrachtete eingehend Beine und Hüften, Brüste und Haar und zuletzt ihre Augen, hingerissen von ihrer vollkommenen Weiblichkeit. Er mußte in seinem Innersten zugeben, daß es wohl verständlich war, wenn der Dorfvorsteher in Liebe für diese Frau entbrannt war, glich sie doch eher einem Engel oder einer der Jungfrauen im Paradies als einem sterblichen Wesen.

Nadya war endlich zu einem Entschluß gekommen. "Nun gut", erklärte sie, "wenn ich mit meiner Arbeit im Haus fertig bin, will ich bei ihm vorbeikommen."

Hamid nahm ihre Hand, um sie zu küssen, aber sie

entzog sie ihm mit einer heftigen Bewegung. "Was soll dieser Unsinn, Hamid. Laß mich in Ruhe und richte deinem Chef aus, was ich gesagt habe!"

"Ich wünsche dir noch einen schönen Tag, Nadya." Hamid wandte sich um und eilte davon. Jetzt galt es, dem Dorfvorsteher so schnell wie möglich die gute Nachricht zu überbringen. Auf dem Weg sah er Hauasin und Said. Es wäre ihm lieber gewesen, unbemerkt an ihnen vorbeizukommen, aber sie hatten ihn auch bemerkt und stellten sich ihm in den Weg. Noch bevor er etwas sagen konnte, grüßten sie ihn höchst freundlich. "Wie nett, daß wir dich hier zufällig treffen. Wir haben uns ja so lange nicht mehr gesehen. Wohin des Wegs, und woher?" Hamid fiel auf die Schnelle nichts unverfängliches ein. "Äh, ich habe einen Freund besucht", kam es dann zögernd. "Aha, was denn für einen Freund?" Als Hamid nicht mehr weiterwußte, hielt er sich lieber an die Wahrheit: "Ich wollte sagen, ich war bei Nadya, ihr wißt ja, der Witwe des Parfümhändlers, ich habe mich versprochen." Hauasin lachte laut heraus: "Du bist ein wenig durcheinander, was? Bist du vor lauter Liebe womöglich genauso verrückt und verwirrt wie dein Chef?"

Hamid durchlief ein beklommener Schauder und er antwortete schnell: "Laß diese dummen Witze, Hauasin, ich habe mit dieser Frau nichts am Hut. Der Dorfvorsteher hat mich zu ihr geschickt, damit ich sie in seinem Namen einlade, denn er wollte sich erkundigen, wie es ihr geht, das ist alles. Sie lebt doch so zurückgezogen und trauert nach wie vor um ihren Mann - möge Gott ihn in Frieden ruhen lassen. Und jetzt entschuldigt mich bitte, ich habe es eilig. Auf Wiedersehen." Hamid wandte sich um und ging im Laufschritt davon. Immer wieder drehte er sich um, als werde er verfolgt.

Hamid war schon längst außer Sicht - und Horweite und auch sonst zeigte sich keine Menschenseele. Hauasin und Said sahen sich noch einmal nach allen Seiten um, um dann beruhigt festzustellen, daß sie die beiden einzigen menschlichen Wesen auf dem gesamten Platz waren. Sie hatten beide gleichzeitig das Gefühl, hinter ein Geheimnis gekommen zu sein, das sie ein großes Stück weiter bringen würde. Hauasin zupfte einige trockene Halme von seinem wollenen Umhang. "Genau das hatte ich mir gedacht", wandte er sich an Said. "Wenn Nadya jetzt schon wieder zum Dorfvorsteher geht, dann heißt das, daß meine Theorie richtig ist. Sie will bestimmt nicht mit ihm anbändeln, sondern sie trägt sich mit Rachegedanken. Und wie sie dabei vorgeht, das hat sie sich in der langen Zeit, in der sie zurückgezogen gelebt hat, reiflich überlegen können. Nadya ist klug, sie stellt es geschickt an, und sie hat sicher einen ausgezeichneten Plan. Und ich sage dir, sie erreicht, was sie will. Wenn es soweit ist, schlägt sie zu."

Said hörte Hauasin gespannt zu. Immer wieder sah er ihn an und dann wieder zu Boden. "Frauen können ganz schön gefährlich werden, auch wenn sie körperlich schwächer sind als Männer. Wenn eine Frau auf Rache aus ist, muß man sich ernsthaft in acht nehmen. Wenn ich bedenke, wieviele Reiche zerfallen, wieviele Könige gestürzt sind, damit eine Frau ihre Rache bekam. Genauso wie eine Frau aus Liebe alle Zäune umwerfen kann, kann auch ihr Haß grenzenlos sein."

"Und wir haben hier eine Waffe in der Hand, deren Wert nicht zu unterschätzen ist", entgegnete Hauasin ruhig. "Diese Frau kann uns nützlich sein, wir müssen uns nur entsprechend vorsehen. Wir haben nämlich auch ein Ziel, und alles andere interessiert mich nicht, weder dieses Dorf noch diese Stadt mit ihrem Kampf gegen die Mächtigen dieser Welt. Von mir aus kann auch das Oberkommando bleiben, wo der Pfeffer wächst. Mich interessiert einzig die Belohnung, die müssen wir unbedingt bekommen. Und wenn wir sie erst haben, verziehen wir uns an ein ruhiges, sicheres Plätzchen, und dann geht uns das alles nichts mehr an."

Said mußte unwillkürlich lachen. "Gibt es denn überhaupt noch einen sicheren Platz auf der Welt?", fragte er. "Das Böse ist doch schon in die letzten Winkel vorgedrungen, wie ein Krake hat der Teufel seine Arme in alle Richtungen ausgestreckt, und uns hat er auch gepackt. Wir machen ja mit bei dem bösen Treiben. Der Teufel steckt im Geld und beherrscht auf äußerst heimtückische Weise damit die ganze Welt. Wir sind auch dem Geld verfallen, und jetzt suchen wir alle möglichen Erklärungen, um das, was wir tun, irgendwie zu rechtfertigen."

Hauasin unterbrach ihn empört. "Was hat denn das zu bedeuten? Soll das ein Sinneswandel sein, willst du unsere Abmachung brechen?"

"Keine Sorge, Hauasin, ich habe meine Meinung nicht geändert. Ich wollte nur klarstellen, daß die Welt vom Teufel regiert wird, daß er die Fäden zieht und ihm keiner das Heft aus der Hand nehmen kann. Wenn ich mich mit dem Teufel verbündet habe, dann stehe ich auch dazu, denn es war mein freier Entschluß."

"Mir ist es völlig einerlei, mit wem ich einen Pakt geschlossen haben soll oder nichts", gab Hauasin lachend zurück. "Du kannst ihn von mir aus nennen, wie du willst, Teufel, Gier oder sonstwie, das ist mir egal. Es kommt nur darauf an, daß wir uns an das halten, was wir abgemacht haben."

"Das ist doch klar. Also, was tun wir als nächstes?"

"Jetzt beobachten wir das Haus des Dorfvorstehers." Hauasin preßte die Worte zwischen seinen schmalen Lippen hervor.

"Wir müssen genau wissen, wer zu ihm geht, wer von dort herauskommt, und vor allem was passiert, wenn Nadya dort ist. Nadya ist unsere Schlüsselfigur. Glaub mir, sie wird das Dorf auf den Kopf stellen."

Said lachte laut. "Du bist ein schlauer Kopf, du weißt immer genau, woher der Wind weht." Hauasin fühlte sich geschmeichelt. "Also, dann gehen wir jetzt nach Hause und essen etwas Gutes."

Beschwingt gingen die beiden nach Hause. Jetzt waren sie der Sache schon sehr viel näher, jetzt gab es konkret etwas zu tun.

Sie würden es schaffen, sie würden die Mission, mit der man sie beauftragt hatte, erfolgreich zu Ende führen.

Zwei Tage waren seit der Festnahme Sururs ohne besondere Ereignisse verstrichen. Am Morgen des dritten Tages ließ der Dorfvorsteher Surur zu sich bringen, um ihm persönlich seinen Beschluß mitzuteilen: Surur sollte das Dorf für immer verlassen, es stand ihm frei, zu gehen, wohin er wollte, er hatte zwei Wochen Zeit, um die Abreise vozubereiten. Als Begründung gab der Dorfvorsteher an, einige Dorfbewohner hätten sich über Surur beklagt, er belästige die Mädchen im Dorf und sei ständig betrunken. Außerdem sei da noch der Einbruch, wegen dem man ihn habe festnehmen müssen. Surur hörte sich die Urteilsbegründung an. Als der Dorfvorsteher geendet hatte, bemerkte er die Verachtung und Mißbilligung in Sururs Blicken.

"Sieh mich nicht so an, Surur! Ich tue auch nur meine Pflicht, ich persönlich kann doch nichts dafür. Ich bin ein Werkzeug und tue nur, was man von mir verlangt. Die Leute im Dorf haben sich beschwert, sie haben mir all das berichtet und schwören, daß es die Wahrheit ist. Ich mußte handeln und diesen Entschluß fassen, denn ich bin für das Wohl der Bewohner dieses Dorfes verantwortlich, sie haben sich und ihr Hab und Gut mir anvertraut."

Surur konnte nur den Kopf schütteln: "Das kenne ich zur Genüge. Für ungerechte Entscheidungen finden sich immer die besten Beweise und Gründe."

"Dir hat niemand Unrecht zugefügt", der Dorfvorsteher verlor die Beherrschung und fing an zu schreien. "Du bist selbst an allem Schuld."

"Wenn du das Trinken meinst, dann kann ich dir versichern, daß ich damit niemandem etwas angetan habe, höchstens mir selbst. Und was dieses Urteil angeht, ist das etwas völlig anderes, denn hier sind eindeutig andere die Ursache dafür, daß mir Schaden zugefügt wird, und dann rechtfertigen sie das Unrecht auch noch mit haltlosen Argumenten." "Jetzt reicht es aber!" Der Dorfvorsteher war hochrot vor Zorn. "Verschwinde, geh mir aus den Augen, ich kann diese Verleumdungen nicht mitanhören. Hamid, Hamid!", rief er nach seinem Amtsschreiber, der unverzüglich hereinkam, "geh hinaus und rufe die Leute zusammen. Setze mein Siegel unter dieses Urteil und verlies es dann vor der versammelten Einwohnerschaft!" Er streckte ihm das Dokument hin. Hamid nahm es mit einer Hand entgegen, mit der anderen zwirbelte er an seinem Schnurrbart. Er entfernte sich einige Schritte, dann rollte er die Urkunde auf und murmelte dabei vor sich hin. "Man kann nicht entschlossen genug mit diesem Gesindel verfahren. Wenn man sie nicht energisch in Zaum hält, dann geht alles im Chaos unter. Wenn ich die Sache in der Hand hätte, würde ich nicht so viel Federlesens machen, ich hätte mir den Pöbel bald weichgeklopft." Er malte sich aus, wie er vor die versammelten Dorfbewohner treten würde, Junge, Alte, Frauen und Männer, wie er dann streng auf sie herabsehen und sie allein mit seinen Blicken erst einmal gehörig einschüchtern würde. Dann würden sie die Hälse recken und gespannt auf jedes einzelne Wort warten. Und das war auch richtig so, er war ja immerhin der Vertreter des Dorfvorstehers, sein Amtssprecher, er übernahm die Amtsgeschäfte, wenn der Dorfvorsteher verreisen mußte. Der Gedanke an den großen Auftritt, den er vor sich hatte, erfüllte ihn mit Stolz. Er würde sich einen Spaß daraus machen, den Leuten den Ausweisungsbeschluß vorzulesen, zumal der, gegen den sich das Urteil richtete, einer von den Typen war, die er, Hamid, sowieso nicht leiden konnte. Als die hölzerne Haustür sich öffnete, trat hinter Hamid auch Surur aus dem Haus des Dorfvorstehers auf die Straße. Hamid lenkte seinen Schritt auf den Dorfplatz zu, Surur begab sich zu Mulham.

Mulham und Tito waren gerade dabei, zum soundsovielten Male die Angelegenheit durchzusprechen. Mulham war sichtlich übermüdet und angespannt, er hatte seit Sururs Verhaftung kein Auge zugetan. "Was sollen wir tun? Können wir denn untätig dabeistehen und zusehen, wie diese gewissenlosen Unmenschen Surur in ihrer Gewalt haben?"

"Du mußt Geduld haben, Mulham", versuchte Tito, seinen Freund zu beruhigen, "in solchen kritischen Situationen ist es entscheidend, daß man Ruhe und Beherrschung wahrt."

In diesem Augenblick hörten sie ein Pochen an der Haustür. Mulham stand auf, um zu öffnen, und plötzlich stand sein Freund, um den er sich seit Tagen die größten Sorgen machte, vor ihm. "Surur! Ich kann es kaum glauben." Sie fielen sich in die Arme. Surur sprach kein Wort, trat ein, und auch er und Tito umarmten sich. Sie setzten sich alle drei, Mulham bot Surur ein Glas Tee an. "Sprich, Surur", ergriff er das Wort, "erzähle uns, was alles passiert ist! Was haben sie mit dir gemacht, was haben sie mit dir vor? Stimmt das, was sie sagen?"

"Sag ganz ehrlich, Mulham, glaubst du so etwas?"

"Kein Wort glaube ich davon. Für mich ist das nichts anderes als ein hinterhältiger Plan. Sie wollen dich fertigmachen, sie wollen dich vor allen Leuten schlecht machen."

"Und das ist nicht alles, sie wollen mich nämlich aus dem Dorf verbannen."

"Das kann doch nicht wahr sein!" Mulham war völlig fassungslos. "Sie wollen dich verbannen? Woher weißt du denn das?"

Surur antwortete nicht gleich. "Ich bin tatsächlich ausgewiesen worden. Der Dorfvorsteher hat mir gerade eben die Verurteilung vorgelesen. Hamid ist jetzt gerade auf dem Dorfplatz und verliest das Urteil öffentlich."

Vor Empörung hielt es Mulham nicht mehr auf seinem Platz.

"Wenn das so ist, dann gehe ich jetzt dort hin und spucke Hamid in aller Öffentlichkeit ins Gesicht. Und dann zerreiße ich das Urteil vor den Augen des ganzen Dorfes."

Surur hielt ihn fest und drückte ihn wieder auf seinen Platz zurück.

"Es würde nichts nützen, Mulham, sei doch vernünftig. Sie würden dich auch festnehmen und aus dem Dorf verbannen wie mich. Tu jetzt so etwas nicht, das Dorf wird sie von selbst bestrafen."

"Surur hat recht", pflichtete Tito bei, "wir müssen jetzt mit Bedacht vorgehen und dürfen auf keinen Fall noch mehr Öl ins Feuer gießen."

"Wie konnten denn Hamid und Wahschi dich überhaupt festnehmen?", wollte Mulham wissen.

Surur holte tief Luft. "Dieser Dorfvorsteher und seine Gehilfen sind gewissenlose Ganoven, und was sie mit mir gemacht haben, ist nur typisch. Ich will dir erzählen, wie es in Wirklichkeit gewesen ist. In jener Nacht war ich unterwegs nach Hause. Auf einmal hörte ich Schritte. Als ich mich umdrehte, waren zwei große Männer hinter mir, und als ich näher hinsah, erkannte ich Hamid und Wahschi. Bevor ich noch ein Wort sagen konnte, packten sie mich und legten mir Handschellen an. Ich schrie: "Was soll denn das? Was ist denn los?", und Wahschi schrie zurück: "Das wirst du gleich sehen, wir zeigen dir, was los ist." Dann zerrten sie mich durch die Straßen aus dem Dorf hinaus und riefen dabei immerzu "Dieb, Säufer". Irgendwann kamen wir an ein Haus ein wenig außerhalb des Dorfes. Vor der Hausmauer lag ein umgekipptes Faß, aus dem Wein auf den Boden floß. Hamid zeigte auf das Faß und erklärte mir, ich hätte versucht, dieses Faß zu stehlen und sie hätten es mit eigenen Augen gesehen. Da war mir klar, daß das ganze eine abgekartete Sache war und daß ich keine Chance hatte, mich zu verteidigen. Danach brachten sie mich zum Dorfvorsteher und dort war ich bis eben in einer kleinen Zelle eingesperrt."

Mulham konnte es nicht fassen, er wurde das Gefühl nicht los, jemand erzähle ihm ein Märchen aus fernen Zeiten. "Aber wo liegt ihr Interesse bei der Sache?"

"Interessiert an der Sache ist einzig und allein Baha. Ich bin mir absolut sicher, daß er hinter diesem Intrigenspiel steckt. Es ist ja nicht sein erster Versuch, mich aus dem Dorf zu vertreiben. Er will eben nicht, daß ich seine Tochter heirate. Ich habe schon mehrfach gehört, daß er mir üble Dinge nachsagt, daß er mich vor den Leuten schlechtmacht und mir irgendetwas unterstellt, auch wenn ich überhaupt nichts damit zu tun habe. Die ganze Zeit wollte er die öffentliche Meinung gegen mich schüren und damit den passenden Hintergrund schaffen, wenn er dann zu seinem letzten Coup ausholt. Und das ist jetzt der Fall, er war ja oft genug beim Dorfvorsteher zugange. Und ich habe auch mitbekommen, was Baha' und der Dorfvorsteher noch alles aushandeln, es geht um Waffenschmuggel. Baha' ist groß ins Waffengeschäft eingestiegen."

"Und für wen macht Baha' diese Geschäfte?", erkundigte sich Mulham.

"Ich nehme an für die Stadt X", Surur sprach unwillkürlich leiser.

"Es ist doch klar, daß in einer Kriegssituation, wie wir sie zwischen der Stadt X und der Allianz erleben, solche Geschäfte blühen. Der Dorfvorsteher und seine Handlanger haben das natürlich sehr schnell begriffen und sich ihre eigenen Gedanken dazu gemacht." Surur streckte sich und gähnte.

"Ich bin wirklich sehr erschöpft. Ich muß mich unbedingt ausruhen. Ich habe in der letzten Nacht kein Auge zugetan. Seid mir nicht böse, wenn ich schon wieder gehe, ich muß mich ein wenig hinlegen. Wir sprechen noch einmal ausführlich über das Ganze, am besten noch heute abend, geht das?" Surur stand auf, verabschiedete sich, wünschte noch einen schönen Tag und ging. Mulham begleitete ihn bis zur Tür und sah ihm noch Lange nach. In seinen Augen standen Tränen.

Der Dorfvorsteher schickte Mal ums Mal nach Nadya. Jedesmal sagte sie zu, aber kam dann doch nicht. Den Dorfvorsteher beunruhigte das jedoch nicht ernsthaft, er faßte ihr Verhalten als weibliches Manöver auf, als taktisches Spielchen, bei dem die Frau sich zurückhält, um das Feuer im Mann zu schüren. Schließlich schickte er seinen Wächter Wahschi zu Nadya, und diesmal sollte er es so bewerkstelligen, daß sie auch wirklich kam. Wahschi versprach, er werde erst wieder zurückkommen, wenn er sie dabeihabe. Diese Worte gefielen dem Dorfvorsteher.

"Ich weiß, daß du ein Mann bist, der sich durchsetzen kann", lobte er seinen Wächter.

"Man muß eben Geduld mit den Frauen haben", gab der diensteifrig zurück, "sie tun gern so, als wollten sie nicht, aber in Wirklichkeit wollen sie doch. Es kommt darauf an, richtig mit ihnen zu reden und zu verstehen, wann sie Ja meinen, wenn sie Nein sagen, sonst hat ein Mann keinen Erfolg bei den Frauen."

Wahschi verabschiedete sich. Schon nach weniger als zwei Stunden war er wieder da, und tatsächlich brachte er Nadya gleich mit. Der Dorfvorsteher war zuhöchst erfreut, er konnte es kaum fassen.

Nadya begrüßte ihn. "Nun bin ich endlich gekommen, mein Herr", sie gab ihrer Stimme einen weichen Unterton.

Der Dorfvorsteher verzog seine Lippen zu einem breiten Lächeln. Daß Nadya endlich da war, erfüllte ihn mit Genugtuung, die Vorstellung süßer Stunden, wie er sie sich mit ihr erträumte, stieg kurz in ihm auf. "Fühle dich hier wie zu Hause, Liebe Nadya, sei ganz ungezwungen. Ich war sehr beunruhigt zu wissen, daß du so viele Tage in Einsamkeit und Trauer verbracht hast, und das in der Blüte deiner Jugend. Sieh doch ein: Was geschehen ist, ist nun einmal nicht rückgängig zu machen. Der Mensch kann sich gegen sein Schicksal nicht wehren. Wir alle müssen irgendwann einmal sterben, kein Geschöpf auf dieser Welt ist unsterblich. Der Tod ist einfach eine unabänderliche Tatsache. Aber deswegen muß man doch nicht sein eigenes Leben zerstören. Die Zeit der Trauer für dich ist vorbei, Nadya. Du darfst dich nicht selbst zugrunde richten. Dein Mann war ein wunderbarer Mensch, wir alle, das ganze Dorf, haben um ihn getrauert. Auch für mich war es ein schwerer Schock, daß ausgerechnet er diesen Unfall hatte. Und dennoch können wir nichts tun, denn auch wir sind nur sterbliche Wesen." Nadya war selbst darüber erstaunt, daß sie diesmal nicht diese tiefe traurige Verzweiflung spürte, als die Rede auf ihren Mann kam. Es war, als sei keine Trauer mehr in ihrem Innern möglich. Es machte sich vielmehr ein Gefühl der festen Entschlossenheit in ihr breit, als sie begriff, daß sie an ihrer Trauer zugrunde ging, während die Mörder fröhliche Feste feierten. Sie fragte sich selbst, was sich in der Zeit nach dem Tod ihres Mannes verändert habe, und mußte sich eingestehen, daß der Verstorbene unter der Erde lag, daß die Leute sich kaum noch an ihn erinnerten, daß es so aussah, als habe er nie gelebt, nur sie zermürbte sich wegen seines Todes. Und die, die ihn umgebracht hatten, hoben die Gläser und prosteten einander zu, als hätten sie nichts damit zu tun. Nadyas Gedanken trugen sie weit fort, und schließlich kam sie zu dem Schluß, daß, wenn es überall auf der Welt so zugehe wie im Dorf der Verrückten, es um die Menschheit sehr schlecht bestellt und die Welt kein besonders erstrebenswerter Platz zum Leben sei. Trotzdem mußte der Gerechtigkeit Genüge getan werden, mußten die Übeltäter ihre Strafe bekommen.

Der Dorfvorsteher blickte Nadya an und wartete, daß sie endlich etwas sagte. Schließlich kam Nadya wieder zurück in die äußere Wirklichkeit. "Ja, so ist es, alles ist vergänglich auf dieser Welt, die Menschen geraten in Vergessenheit, und zuletzt denkt man nur noch an das Gute, das sie getan haben."

Wahschi stand mit seiner mächtigen Gestalt die ganze Zeit über im Zimmer und hörte zu. Irgendwann bemerkte ihn der Dorfvorsteher und herrschte ihn an: "Was stehst du hier dumm herum?" Wahschi drehte sich um und ging wortlos hinaus. Im selben Augenblick kam die Frau des Dorfvorstehers herein. Sie sah Nadya, ging auf sie zu, umarmte sie und küßte sie zur Begrüßung. "Wie schön, daß du endlich wieder zu uns gekommen bist. Wir haben dich sehr vermißt. Kein schöner Duft ist mehr durch dieses Haus gezogen, seit du uns verlassen hast."

Nadya fühlte sich beklommen und wußte nicht recht, was sie dazu sagen sollte. Die Frau des Dorfvorstehers spielte ganz offensichtlich auf Nadyas Mann an, der Parfümhändler gewesen war. Er war oft weit gereist, um ausgefallene Duftstoffe zu besorgen, die er dann den Dorfbewohnern verkaufte. Die Frau des Dorfvorstehers hatte ihn einmal um eine besonders seltene Essenz gebeten.Tagelang war er auf der Suche nach ihrem Parfüm unterwegs gewesen. Und Nadya hatte es dann der Gattin des Dorfvorstehers gebracht. Nun mußte Nadya wieder daran denken, wie glücklich sie damals gewesen war. Sie hatte ihr das Parfüm in die Hand gelegt und vor Freude über den erfüllten Wunsch hatte die Frau sie damals umarmt und geküßt, genau wie gerade eben.

"Das Parfüm hat mein Mann damals von weit her besorgt. Jetzt da er tot ist, weiß ich nicht, wo man es besorgen könnte."

Dem Dorfvorsteher war die Sache peinlich. "Nimm es ihr nicht übel, Nadya", entschuldigte er sich für seine Frau. "Sie ist sehr vergeßlich und denkt nicht immer richtig nach, bevor sie spricht."

Die Frau des Dorfvorstehers war durchschnittlich hübsch und hatte ein gutes Herz, war aber in der Tat ein wenig einfältig. Die meiste Zeit verbrachte sie mit Spinnen. Ihr Mann kümmerte sich nicht besonders oft um sie, zum einen verbrachte er seine freie Zeit lieber mit seinen Kumpanen, zum anderen wollte er sie auch sonst nicht gerne dabeihaben, da er Angst haben mußte, sie würde im Dorf ausplaudern, was sie von seinen geheimen Geschäften zu hören bekäme. Der Dorfvorsteher blickte abwechselnd auf seine Frau und auf Nadya. "Das wäre doch eine gute Idee, Nadya, wenn du und meine Frau öfter zusammen wären. Sie ist auch einsam, so ohne Kinder und ohne Verwandte, die sie besuchen kommen. Ich selbst habe auch nicht viel Zeit für sie, ich bin ja ständig beschäftigt."

Die Frau war von der Idee begeistert. "Oh ja, Nadya, das wäre wunderbar. Das Haus ist so groß, du könntest überhaupt hier bleiben. Es ist alles da, was du brauchst. Du sollst dich hier wie zu Hause fühlen."

Nadya war das alles zuviel. "Das ist sehr nett von dir, daß du mir das anbietest. Aber ich kann bei mir zur Zeit nicht weg, ich habe dort viel zu tun. Dafür werde ich dich aber oft besuchen, das verspreche ich dir."

Der Dorfvorsteher dachte kurz nach und fragte dann seine Frau, was es zu Essen gebe.

"Gebratenen Fisch", gab sie zur Antwort.

"Vergiß nicht, ein bißchen Pfeffer darüberzutun, damit er nicht so nach Fett riecht. Mach noch ein bißchen Rettich und grüne Zwiebeln dazu."

Die Frau ging hinaus, um zu tun, was ihr Mann ihr aufgetragen hatte. Sie freute sich, endlich jemanden gefunden zu haben, der ihr Gesellschaft leisten und sie aufheitern würde. Selbst wenn Nadya nicht bei ihr einzog, würde sie sie doch oft besuchen, und damit wollte sie zufrieden sein. Nadya war eine gutherzige Frau und sie war gern mit ihr zusammen.

Als Nadya das Haus des Dorfvorstehers verließ, stand der Entschluß, ihren Mann zu rächen, endgültig fest. Sie wußte, daß sie in der Lage sein würde, ihre wahren Gefühle eine Zeitlang nicht zu zeigen und vollständig in die Rolle zu schlüpfen, die sie dem Dorfvorsteher vorspielen wollte. Er würde im Überschwang seiner Begierde sicher nicht so leicht etwas merken, so sehr wie er hinter ihr her war. Auf dem Weg kamen ihr auf einmal Schritte von hinten immer näher. Als sie sich umwandte, bemerkte sie Zwei Männer, die ihr hinterherliefen und sich sichtlich beeilten, um sie einzuholen. Sie verlangsamte ihren Schritt und blickte sich ein zweites Mal um. Die Männer, die vor ihr zum Stehen kamen, waren Hauasin und Said. "Welch ein erfreulicher Zufall", kam Said Nadya mit der Begrüßung zuvor. "Wir haben im Dorf lange nichts mehr von dir gehört. Man sagte uns, du hättest dich für den

Rest deiner Tage zurückgezogen und es sei nicht damit zu rechnen, daß man dich jemals wieder unter den Leuten zu Gesicht bekommen würde."

"Das kann doch ein Mensch gar nicht", fügte Hauasin hinzu. "Sich für immer von der Welt abschließen. Das geht nicht, es widerspricht einfach zu sehr der menschlichen Natur." Er blickte zu Said als er weitersprach: "Damals, als ich hörte, Nadya habe der Welt abgeschworen, konnte ich das überhaupt nicht verstehen. Jetzt aber, liebe Nadya", er wandte sich ihr wieder zu, "kann ich deinen Schritt genau nachvollziehen. Wir haben dich alle in deinem Leid allein gelassen, haben die Wahrheit nicht ans Licht geholt. Dabei liegt es auf der Hand, daß der Dorfvorsteher deinen Mann umgebracht hat. Keiner von uns hat sich auf deine Seite gestellt, sondern alle haben behauptet, du seist verrückt. Wenn mir so etwas passieren würde, dann hätte ich es genauso gemacht wie du. Ich hätte dem Dorf und den Dorfbewohnern auf Nimmerwiedersehen den Rücken gekehrt."

"Genau so hätte ich es auch gemacht, das kann doch jeder verstehen", Said nickte zustimmend mit dem Kopf.

"So, so, und wo wart ihr damals?" Nadya hatte nur ein spöttisches Lächeln für die beiden übrig. "Ihr habt wohl meine Hilferufe und meine Appelle auf dem Dorfplatz nicht gehört? Ihr habt euch genausowenig gerührt wie die anderen. Warum habt ihr nichts gesagt? Ihr wart wohl von derselben Stummheit geplagt wie die anderen auch, nicht wahr?" Ihre Stimme wollte ihr versagen, aber sie beherrschte sich. "Jetzt wacht also euer schlechtes Gewissen auf. Das ist ja schön, wenn auch ziemlich spät. Die anderen schlafen dafür immer noch den Schlaf der Gerechten, sie werden wohl auch kaum daraus erwachen. Aber ich könnte damit im Augenblick nichts anfangen, genausowenig wie mit eurem Verständnis und Mitgefühl. Die ganze Sache ist jetzt schon lange her und weitgehend in Vergessenheit geraten."

"Nein, Nadya", fiel Hauasin ihr ins Wort, "so darfst du nicht denken, die Wahrheit ist niemals überholt, auch wenn etwas schon lange her ist, denn die Ereignisse haben Konsequenzen. Wenn einer ein Verbrechen begangen hat, dann muß er auch dafür bezahlen." Er wandte sich wieder an seinen Kameraden. "Was denkst du, Said, habe ich nicht recht?"

"Ja selbstverständlich, Gerechtigkeit muß sein, ganz gleich um was es geht", stimmte Said zu.

Für einen kurzen Moment sagte keiner etwas. Nadya war fast versucht, sich den beiden anzuvertrauen, aber dann überlegte sie, daß sie selbst in großer Gefahr war, wenn irgendeiner etwas von ihren Absichten erfur, und daß sie dann wahrscheinlich ziemlich bald ihrem Mann ins Grab folgen würde, ohne ihn gerächt zu haben. Vielleicht war ja das ganze nur ein Trick, nein, sie würde nichts tun gerade jetzt auf dieses Thema? Das war doch sehr verdächtig. Sie durfte niemanden ins Vertrauen ziehen, sie mußte die Sache alleine anpacken.

"Gott allein hat das Recht, die Bösen zu strafen", sprach sie laut zu Hauasin und Said, "er vergilt ihnen ihre Untaten mit gleicher Münze. Ich möchte über die ganze Sache nicht mehr sprechen."

Hauasin und Said erkannten, daß aus dem Gespräch nicht das geworden war, was sie sich erhofft hatten. In seiner Enttäuschung versuchte Said, Nadya zu provozieren: "Du hast dich mit dem Dorfvorsteher versöhnt, wie es scheint, vielleicht möchtest du deswegen nicht mehr über die Sache reden? Wir wollten es ja erst nicht glauben, als wir davon erfuhren, daß du jetzt bei ihm ein und aus gehst, aber heute haben wir dich selbst dort herauskommen sehen."

Nadya erschrak heftig. Sie hatte das Gefühl, als habe ihr jemand ein zentnerschweres Gewicht auf die Schultern gelegt. "Halt den Mund,du Dummkopf!", schrie sie ihn an. Geh mir aus den Augen. Schert euch weg du und dein seltsamer Freund."

Ohne einen Abschiedsgruß ging sie davon. Hauasin und Said sahen sich schweigend an. Hauasin brach schließlich das Schweigen und meinte: "Jetzt haben wir endgültig bei ihr verspielt. Mit Frauen muß man umgehen wie mit wertvollem Porzellan, wenn man es ein bißchen zu hart anfaßt, geht es gleich kaputt."

"Du philosophierst immer nur herum", setzte sich Said lautstark zur Wehr. "Diese Frau weiß ganz genau, was sie will und was los ist. Wir können mit unserer Methode bei ihr einfach nichts erreichen. Sie hat irgendetwas vor, und das sagt sie niemandem. Die ganze Zeit während des Gesprächs wurde ich das Gefühl nicht los, als durchschaue sie mich, als könne sie jeden meiner Gedanken lesen."

"Sie hat einfach zu niemandem mehr Vertrauen", sprach Hauasin nach kurzer Pause seine Gedanken aus. "Es ist aber auf jeden Fall nicht falsch, wenn wir weiterhin freundlich zu ihr sind und nicht so schnell beleidigt sind wie sie. Und jetzt wollen wir einmal sehen, was es bei Surur und Mulham Neues zu erfahren gibt. Das letzte, was ich gehört habe, ist, daß der Dorfvorsteher ein Urteil gefällt haben soll, demzufolge Surur verbannt wird. Angeblich hat er ihm zwei Wochen gegeben, um sich auf die Abreise vorzubereiten. Vom Dorfplatz kam einer, der mir berichtet hat, Hamid habe das Verbannungsurteil vor der versammelten Dorfgemeinschaft verlesen. Hier sehe ich eine günstige Gelegenheit für uns. Wir müssen jetzt nur herausbekommen, wer für und wer gegen dieses Urteil ist. Dann müssen wir uns mit jeder Seite treffen, aber die andere Seite darf davon nichts erfahren. Wir müssen mit Bedacht handeln und immer so tun, als gehe uns das Ganze nichts an."

"Und was machen wir, wenn jemand unser doppeltes Spiel durchschaut", fragte Said und strich sich dabei nervös den Bart. "Keiner wird etwas merken, mach dir keine Sorgen. Wir dürfen nur einfach in der Öffentlichkeit nichts Falsches sagen und uns auf keinen Fall versprechen. Dann kommt auch keiner dahinter, was wir eigentlich vorhaben."

"Du bist ein schlauer Fuchs, Hauasin", sagte Said anerkennend. "Aber auch du solltest immerhin die Möglichkeit in Betracht ziehen, daß andere noch schlauer sein könnten als du oder ich."

Das letzte Lebewohl

Der gegen Surur gerichtete Ausweisungsbeschluß lö-
ste im Dorf gehörige Aufregung aus und wurde zum
wichtigsten Gesprächsstoff, zu dem Thema, das von Alt
und Jung, von Frauen und Männern gleichermaßen täg-
lich von neuem erörtert wurde. Surur selbst machte kein
Aufhebens davon und war auch über die Tatsache, daß er
nun Abschied nehmen mußte, nicht nur betrübt. Außer
seiner Geliebten Nuzha und seinem Freund, dem Dichter
Mulham, hielt ihn nichts mehr im Dorf. Wenn sein Herz
doch schwer von Trauer wurde, dann einzig ihretwegen.
In letzter Zeit hatte er zunehmend darunter gelitten, daß
er unter Menschen lebte, deren einziges Interesse darin
bestand, sich über ihn zu unterhalten, als ob er der einzige Mensch sei, der jemals Wein getrunken hatte. Natürlich waren ihm auch einige wohlgesinnt, aber auch die
hörten oftmals einfach nicht zu, wenn er ihren Vorwürfen
seine Argumente entgegenhielt. Er spürte, wie ihm die
Dorfbewohner von Tag zu Tag fremder wurden, wie sich
eine bedenkliche Hürde zwischen ihn und die anderen
schob, die ihn seelisch belastete und immer höher wuchs.
Daß er nun nicht mehr trank, änderte nichts daran. Seine
Widersacher nutzten inzwischen jede Gelegenheit, um
Geschichten über Vorfälle zu verbreiten, die sich auf-
grund seiner Trunkenheit und Zanksucht ereignet haben
sollten, aber in Wirklichkeit jeder Grundlage entbehrten.
Surur fühlte sich verloren und isoliert, wie einer, der mit-
ten in einer Schlacht steht, ohne Waffen und ringsum von
Feinden umstellt. Das Verbannungsurteil war deshalb so-
zusagen die äußere Entsprechung zu seinem inneren Zu-
stand. Als Mulham ihn fragte, was man denn gegen das
Urteil unternehmen könnte, gab Surur unbeteiligt zur
Antwort: "Zerbrich dir darüber nicht den Kopf, mein
Freund. Das Urteil ist genau zum richtigen Zeitpunkt ge-

kommen. Ich hätte dieses Dorf eigentlich schon lange verlassen müssen. Ich habe mit diesem Ort nichts mehr zu schaffen. Wenn du und Nuzha nicht wären, wäre ich schon lange nicht mehr hier. Ich muß das Dorf nun verlassen, und niemand wird erfahren, in welche Richtung ich davongehe."

Mulham war zutiefst betroffen. "Nicht einmal ich, Surur?"

"Nicht einmal du, Mulham. Ich bitte dich dafür um Verzeihung, mein Freund und Bruder. Aber mein Entschluß steht fest, ich werde mich der Gesellschaft von Menschen entziehen und irgendwo weit weg von hier, irgendwo, wo noch kein Mensch seinen Fuß hingesetzt hat, die Einsamkeit suchen. Ich bitte um Vergebung, wenn ich mich in Anbetracht unserer Freundschaft undankbar verhalten und das Vertrauen, das uns verbindet, mißachten muß."

Mulham blickte verwirrt zu Boden. Er konnte einfach nicht glauben, was er da zu hören bekam. Kurz darauf sah er wieder auf und gab zu bedenken: "Hast du dir auch genau überlegt, welche Konsequenzen sich daraus ergeben, Surur? Hast du dich ernsthaft gefragt, ob hier nicht Emotionen, die wieder vorbeigehen, dein Leben in eine schicksalsbestimmende Richtung lenken? Bitte versuche, die Dinge nicht einseitig zu sehen, es gibt immer noch Raum für Veränderungen in dir und in deiner Umgebung."

"Für mich gibt es diesen Raum, von dem du sprichst, nicht mehr", Sururs Stimme klang sehr traurig. "Alle Türen schließen sich vor mir. Mir bleibt nur ein Ausweg, nämlich von hier wegzugehen und nie wieder zurückzukehren."

Mulham begriff, daß es Surur mit seinem Vorhaben ernst war und er ihn nicht so leicht davon abbringen konnte. Deshalb lenkte er das Gespräch in eine andere

Richtung und erinnerte Surur an die Vergangenheit, in der Hoffnung, so auf seine Gefühle und Empfindungen Einfluß nehmen zu können. Vielleicht würde Surur ja in sich gehen und seinen Entschluß zurücknehmen. Er lächelte ihn freundlich an: "Und was ist mit mir? Du kannst mich doch nach all den langen Jahren nicht alleine lassen, damit die Einsamkeit mich in ihre Fänge nimmt! Wie soll ich denn die Leere ausfüllen?"

"Ach, Mulham, ich kann dir gar nicht sagen, wie sehr es mich in tiefster Seele schmerzt, wenn ich nur daran denke. Trotzdem sehe ich keinen anderen Weg. Ich muß mich dem Urteil fügen." Er legte seine Hand freundlich auf Mulhams Schulter. "Du bist ein Poet", fuhr er fort "und Poeten sind sehr empfindsame Menschen mit ausgeprägtem Gefühlsleben. Ich kann mir vorstellen, wie stark gerade du unter dem Trennungsschmerz leiden wirst. Aber glaube mir, der Schmerz geht auch wieder vorüber. Die Zeit wird dich vergessen lassen und dich trösten. Wappne dich mit Geduld, lieber Mulham."

In diesem Augenblick kam Nadya dazu. Sie sah besorgt aus. Nachdem sie die beiden Freunde begrüßt hatte, heftete sie ihre Augen auf Surur und fragte ihn: "Ist es wahr, was ich gehört habe? Du wirst das Dorf verlassen?"

"Ja, das stimmt, Nadya. Aber mach' dir deswegen keine Sorgen. Man muß in der Lage sein, sein Glück auch anderswo zu versuchen. Wer erkennt, daß seine Freiheit an einem Ort bedroht ist, der sollte sich an diesen Ort nicht unabänderlich gebunden fühlen."

"Aber du gehst nicht freiwillig!"

"Ja, das stimmt, ich bin dazu gezwungen, und zwar weil das Dorf meine Seele zugrunde richtet."

"Mach' dir keine Sorgen, Surur! Ich werde mit dem Dorfvorsteher reden, daß er das Urteil zurücknimmt."

"Das ist nicht nötig, Nadya. Selbst wenn er das tut, werde ich doch bald gehen, um für immer anderswo zu bleiben."

Nadya sah ihn betroffen an und schien die Bedeutung seiner Worte noch immer nicht zu begreifen.

In diesem Moment mischte Mulham sich in das Gespräch ein und lenkte es auf ein anderes Thema: "Laß hören, liebe Nadya, wie geht es dir, wie sieht es aus? Ist alles in Ordnung?"

"Ja, alles nimmt seinen natürlichen Lauf. Es geht nicht mehr lange, und ich bin am Ziel meiner Wünsche."

Mulham fragte sich, was er von dieser Antwort halten sollte. Er fragte dann aber doch nicht näher nach und sagte nur dazu: "Das hoffe ich für dich, Nadya."

Surur war in seinem Herzen aufgewühlt. Gedanken brachen über ihn herein, alte Erinnerungen stiegen auf. Er sah auf sein Leben und es erschien ihm wie eine Blase, die, anfangs klein, immer größer und größer wird, bis sie schließlich platzt und sich in der Weite der Unendlichkeit auflöst. Bevor Nadya weitere Fragen stellen konnte, setzte Surur dem Gespräch ein Ende: "Bitte habt Verständnis dafür, meine lieben Freunde, wenn ich jetzt gehe, aber Ich bin sehr erschöpft."

Surur ging und ließ seine Freunde ratlos mit ihren Fragen zurück. Ihre Blicke folgten ihm bis der Weg ihn verschluckte.

Tito hielt sich nun schon eine geraume Weile im Dorf der Verrückten auf. Allmählich hatte er sich an das Dorf und seine Bewohner gewöhnt und das Gefühl des Fremdseins, wie jeder Neuankömmling es kennt, verloren. Die turbulenten Ereignisse, die das Dorf seit seiner Ankunft erschüttert hatten, hatte er mitbekommen, sie machten ihn nun auch betroffen. Er erlebte die Geschehnisse mit wie die anderen Leute im Dorf. Auf der anderen Seite stieg in ihm die Sorge auf, sein neues Leben im Dorf würde sich zwischen ihn und das Ziel stellen, das zu erreichen er sich zur Aufgabe gemacht hatte. In seine Gespräche mit Mulham flocht er nun immer öfter Bemerkungen ein, die darauf schließen ließen, daß er das Dorf früher oder später wieder zu verlassen gedachte, daß es für ihn nicht die Endstation war. Mulham hatte von Anfang an verstanden, daß sein Gast irgendein Geheimnis mit sich herumtrug. Er hatte ihn jedoch auf keinen Fall drängen wollen, es ihm mitzuteilen. Ihm genügte es zu wissen, daß der Schleier irgendwann, und wahrscheinlich schon bald, von diesem Geheimnis gelüftet werden würde. Nachdem sich zwischen ihm und seinem Gast ein Vertrauensverhältnis entwickelt hatte, war seiner Meinung nach nun in der Tat die Zeit gekommen, um von ihm alle Einzelheiten über die Gründe und die Absichten zu erfahren, die ihn ins Dorf der Verrückten geführt hatten. Zudem zog er aus Titos zahlreichen Anspielungen den Schluß, daß auch sein Gast sich dazu durchgerungen hatte, offen darüber zu sprechen, was der Zweck seiner Reise war.

Als sie eines Tages eine Anhöhe hinuntergingen, legte Mulham behutsam seine Hand auf Titos Schulter und sprach ihn auf die Sache an: "Es kommt mir schon seit einer Weile so vor, als habest du etwas Wichtiges auf dem Herzen. Wenn du möchtest, kannst du gerne mit mir darüber sprechen."

"Ja, es stimmt. Es wäre mir sogar sehr recht, wenn du dich mit der Sache befassen und deine Meinung dazu abgeben würdest."

"Ich schlage vor, wir nehmen uns ausreichend Zeit dafür. Außerdem wäre es gut, wenn wir zuvor unseren Geist von allen Sorgen und Belastungen freimachten, damit wir mit Bedacht und Verstand an die Sache herangehen können. Wie wäre es mit übermorgen, Freitag?"

"Einverstanden", erklärte Tito und aus dem Klang seiner Stimme war zu entnehmen, daß er ein wenig aufgeregt war, "Freitag ist mir recht."

Keiner sprach mehr ein Wort, als schiebe sich die Stille um sie herum auch in den Raum zwischen ihnen. Tito blickte unverwandt zu Boden. In seinen Gedanken war er weit weg. Mulhams Blick richtete sich nach oben auf den Horizont, über dem sich in diesem Augenblick die letzten Strahlen der untergehenden Sonne spiegelten.

Als zwei Tage später auf der gegenüberliegenden Seite des Horizonts die ersten Sonnenstrahlen den neuen Tag ankündigten, war der Himmel klar und ungetrübt. Schläfrig machten sich die Tiere mit schweren Huftritten auf den Weg zu den Weiden. Hinter ihnen fuchtelten die Hirten mit ihren Stöcken in der Luft und riefen ihnen unversändliche Laute zu, um sie in die vorgesehene Richtung zu treiben.

"Einen wunderschönen guten Morgen wünsche ich dir, mein Freund. Was für ein schöner Tag, voller Kraft und Lebendigkeit", begrüßte Mulham den Tag, während er aus dem unteren Fenster auf die kleinen Bäume auf der gegenüberliegenden Straßenseite sah, in denen die Vögel zwitscherten. Tito erhob sich gähnend aus dem Bett und erwiderte den Gruß. "Hast du gut geschlafen?" fragte Mulham weiter.

"Ich habe schon Lange nicht mehr so viel geträumt wie diese Nacht, merkwürdige Träume, aber keine schlechten, die einen mit Pessimismus in den neuen Tag entlassen. Einen Traum habe ich noch ganz deutlich im Gedächtnis. In dem Traum bin ich heute Nacht aus dem Haus gegangen und der Mond war nicht mehr dort, wo er hingehörte, sondern so weit herabgesunken, daß er nur noch zwei Handbreit über meinem Kopf stand. Ich lief auf ihn zu und versuchte ihn zu greifen, aber er entglitt mir, als sei er aus Quecksilber. Jedesmal, wenn ich mich bewegte, bewegte er sich auch, und ich hatte im Traum das Gefühl, als sei das ein Zustand, der mein Leben lange Zeit bestimmt hatte."

Mulham lächelte. "So geht es vielen Menschen. Sie

verbringen ihr Leben damit, nach irgend etwas zu suchen, und gehen meilenweit dafür, dabei ist die Sache nur zwei Handbreit über ihrem Kopf. Und andere sehen zwar, daß das, wonach sie suchen, zum Greifen nahe ist, aber sie wissen nicht, wie sie es packen sollen."

Diese Deutung versetzte Tito in Staunen. Er starrte Mulham unverwandt an. Vor lauter Verwunderung brachte er kein Wort heraus.

"Sieh mich nicht so ungläubig an, mein Freund", fuhr Mulham fort. "Wir haben genügend Zeit. Ich werde dir alles erklären, dann wirst du dich nicht mehr wundern. Laß' uns zuerst ein Frühstück zubereiten und ein Glas Tee trinken, damit wir richtig wach werden und in Schwung kommen."

Nach dem Frühstück einigten sie sich, den Rest des Tages an einem ruhigen Plätzchen in einiger Entfernung vom Dorf zu verbringen, wo sie ihren Gedanken freien Lauf lassen und in aller Ruhe fern von den neugierigen Blicken der Dorfbewohner miteinander besprechen konnten, was in ihren Herzen vorging. Mulham traf Vorbereitungen für das Picknick, packte es in eine Tasche und fragte dann Tito: "Bist du fertig?"

"Ja."

Als sie aus dem Haus traten, war der Vormittag schon so weit fortgeschritten, daß man mit bloßem Augen nicht mehr in die Sonne sehen konnte.

"Wie hell die Sonne heute ist", bemerkte Tito, "als ob sie mir, der ich aus einem Land, wo es Eis und Schnee gibt, komme, beweisen wollte, daß ihre Kraft keine Grenzen kennt."

Mulham brach in Gelächter aus. "Mach' dir keine Sorgen, an dem Weg, den wir gehen werden, stehen hohe Bäume, die uns mit ihrem Schatten vor ihr beschützen, wenn wir es nicht ertragen können."

Sie schritten aus und ließen das Dorf hinter sich. Dann

überquerten sie einige Hügel, bis das Dorf völlig außer Sichtweite war.

Unter einem mächtigen Baum ließen Mulham und Tito sich schließlich nieder. Sie hatten nicht weit entfernt von ihrem Rastplatz in einem Teich ein erfrischendes Bad genommen. Nach dem Marsch in der sengenden Sommersonne fühlten sie sich nun frisch und leicht wie Vögel.

"Dies ist wirklich ein angenehmes Plätzchen", ergriff Tito das Wort. "Hier lassen sich Kummer und Sorgen vergessen. Aus diesem Ort kann man Heiterkeit schöpfen."

"Genau aus diesem Grund bin ich mit dir hierhergekommen", gab Mulham zurück.

Eine ganze Weile sagte keiner etwas. Es schien, als wollten sich beide besinnen, um in völliger Ruhe an die Diskussion heranzugehen, bei der Dinge erörtert werden sollten, die vollste Konzentration erforderten.

Mulham brach schließlich das Schweigen. "Jetzt laß' mich wissen, Tito, was dein Herz bewegt. Du wirst bei mir ein offenes Ohr und ein verschwiegenes Herz finden, in dem deine Geheimnisse sicher bewahrt bleiben."

"Ja, Mulham", Tito war trotz allem ein wenig aufgeregt. "Ich habe ungeduldig auf diesen Moment gewartet. Die Heimlichtuerei lag mir schwer auf dem Gemüt, und ich konnte die Last des Geheimnisses nicht mehr länger tragen. Nachdem ich zu dir Vertrauen gefaßt hatte, erwachte in mir immer dringender das Bedürfnis, dir alles zu enthüllen. Ursprünglich hatte ich mit niemandem darüber reden wollen, ich hatte vor, die Sache bis zum Schluß bei mir zu behalten, niemand sollte es wissen. Dennoch verspürte ich die ganze Zeit über, die ich mit dir verbrachte, immer deutlicher den Wunsch, einen Menschen um seine Meinung zu fragen, der mir auch durch sein Mitgefühl Beistand leisten würde, denn die Sache ist für mich ein großes Problem. Ich dachte intensiv darüber nach, wer wohl geeignet sein mochte, die schwierige Aufgabe zu übernehmen, dieses Geheimnis mit mir zu teilen. Ich kam auf niemanden, der besser dafür geeignet schien als du. Daraufhin wartete ich auf den passenden Augenblick, in dem die letzten Hürden fallen würden, in dem eine gefühlsmäßige und ungestörte Zweisamkeit die Herzen sprechen lassen würde. Und dieser Augenblick ist nun gekommen. Ich bitte dich also, mir genau zuzuhören: Mein Lehrmeister, der Glasperlenspielmeister, beging Selbstmord. Warum, weiß bis heute niemand. Die Mutmaßungen gehen dahin, daß er den Glauben an Kastalien, einen Staat des Geisteslebens, verloren haben soll, nachdem er erkannte, daß diese Welt mit der Wirklichkeit nichts mehr zu tun hatte, daß dort Hochmut und Überheblichkeit gegenüber den Werten des Lebens Einzug gehalten hatten und formalistisches Denken die Wertvorstellungen derjenigen prägte, die diesem Staat dienten.

Deshalb sei er aus Kastalien zurück in die Wirklichkeit geflohen, vor der er zuvor nach Kastalien ausgewichen war. Stark verwirrt und in einem großen inneren Kampf soll er daraufhin den Versuch unternommen haben, die zerrissenen Fasern seiner Seele wieder mit den Fasern der Wirklichkeit zusammenzuknoten, aber dann habe er die Kontrolle über das Geschehen verloren und sich in einen See gestürzt, um am Busen der Ewigkeit für immer Ruhe zu finden."

Mulham hatte aufmerksam zugehört. "Das würde bedeuten, er hatte Selbstmord begangen, weil er sich der Wirklichkeit nicht anpassen konnte?"

"Einige vermuten, daß er nie ein wirklicher Kastalier gewesen sei, was bedeutet, er hätte sich niemals vollständig von der Wirklichkeit gelöst."

"Was bedeutet es, ein Kastalier zu sein?" unterbrach ihn Mulham.

"Ein Kastalier ist ein Bewohner Kastaliens. Kastalien

ist ein Land, in dem man sich um die Erziehung der Bürger dieses Landes unter reinen, geistigen Vorzeichen bemüht, die nicht mit den in der Welt herrschenden Prinzipien übereinstimmen. Nach der kastalischen Lehre wird den Kastaliern mittels Meditation und Askese die Beherrschung der Seele beigebracht."

"Dann handelt es sich also um eine Art mystischer Unterweisung in der Art der Sufi-Lehren?"

"Nein, mit der Mystik hat es nichts zu tun, denn das System basiert nicht auf religiösen Prinzipien. Es werden jedoch einige Sufi-Methoden angewandt, um die Fähigkeiten zur Konzentration und Meditation zu entwickeln. Kastalien wurde als Reaktion auf die herrschende Wirklichkeit ins Leben gerufen, die zwischen widersprüchlichen Extremen hin-und hergerissen ist, weil das Geistige mit billigen Weisheiten vertauscht wurde, weil die Gesetze ihren Geist verloren haben und nur noch spitzfindige Rechtskniffe sind, deren Auslegung sich nach Laune und Willen der Einflußreichen richtet. Überall sind die Schwachen bedroht, denn die Unterdrücker arbeiten nach den neuesten Erkenntnissen der Psychologie und mit den modernsten Methoden der Technik gegen sie. Deshalb erachteten die Begründer des kastalischen Staates eine solche Institution für absolut unerläßlich. Kastalien ist die ruhige Insel geistigen Lebens, die sich jeder geistig orientierte Mensch erträumt."

"Aber auch nur der geistig orientierte", warf Mulham lachend dazwischen. "Und wohin sollen dann diejenigen gehen, die nicht geistig orientiert sind, die andere Probleme haben?"

"Ich bin kein Kastalier, mein Freund", erwiderte Tito gesenkten Hauptes. "Ich gebe nur die in Kastalien herrschende Auffassung wieder. Dort glaubt man an die Aristokratie des Geistes, er steht dort über allem. Was sie mit Geist meinen, ist das reine, unverfälschte Denken."

"Du meinst Vergeistigung als Selbstzweck?"

"Ja, genau. Deswegen darf ihrer Auffassung nach der Geist keinerlei Politik unterworfen oder in den Dienst bestimmter Interessen gestellt sein."

"Wenn ich es richtig verstehe, dann versuchen die Kastalier, einen unabhängigen, von der Wirklichkeit gelösten Staat des geistigen Lebens zu schaffen."

"Ja. Denn die Kastalier sind der Meinung, daß die Welt von Kämpfen zur Erfüllung von Begierden und Interessen geprägt ist und daß kein Gedanke, der dort entsteht, von diesen Kämpfen zu trennen ist. Deshalb wird in Kastalien ein Unterschied zwischen zweckgebundenem, propagandistischem und reinem, unverfälschtem Denken gemacht."

Mulham dachte über das Gesagte nach und fragte dann: "Warum hat sich dein Meister denn für Kastalien entschieden, wenn er wußte, daß man dort eine Einstellung pflegt, die mit der Welt in Widerspruch steht?"

"Er hat sich nicht für Kastalien entschieden, sondern er wurde für Kastalien erwählt. Er mußte eine ganze Reihe von Ausbildungsphasen durchschreiten, bis er in Kastalien aufgenommen wurde. Mein Meister war so sehr von der Musik und vom Glasperlenspiel eingenommen, daß er der anderen Seite Kastaliens keinen Blick mehr schenkte und die tiefe Kluft übersah, die das geistige Leben von der Wirklichkeit trennte. Und als er dann mit der Zeit merkte, daß er im Grunde von Kastalien nicht mehr überzeugt sein konnte, packte er seine Sachen und kehrte in die Welt zurück. Mein Vater war ein enger Freund von ihm, er öffnete ihm sein Haus und beauftragte ihn mit meiner Erziehung und Unterweisung. Er war jedoch nicht sehr lange bei uns, denn sein Ende kam dann sehr schnell. Alle waren völlig überrascht und zutiefst enttäuscht und verstört, mit so einem Ende hatte wirklich keiner gerechnet. Meister Knecht war vielmehr bekannt für seine seelische Ausgeglichenheit und seine Selbstbeherrschung." Tito holte tief Luft und fuhr dann fort.

"Die Erklärungen für seinen Tod gingen von einer bekannten Tatsache aus, nämlich von den Meinungsverschiedenheiten, die zwischen ihm und Kastalien eingetreten waren, und von seiner Abreise von dort. Sie sind deshalb allesamt nichts als Vermutungen und Hypothesen. Die wahren Gründe blieben im Herzen Knechts verborgen, er hat sie mit ins Jenseits genommen."

Tito hielt inne. Es schien, als versuche er sich an etwas längst Vergessenes zu erinnern. "Ich selbst", fuhr er schließlich fort, "habe den Glasperlenspielmeister nie vergessen. Durch seinen Tod sind in mir Fragen aufgekommen, auf die diejenigen, die ich von seinen Freunden und Bekannten traf, mir keine zufriedenstellende Antwort geben konnten. Als ich eines Tages in einem seiner Bücher blätterte, stieß ich auf einen Brief, den ein gewisser M. an ihn gerichtet hatte. Aus dem Brief war zu entnehmen, daß zwischen Knecht und den Bewohnern der Stadt X eine Beziehung bestand. Ich habe diesen Brief wieder und wieder durchgelesen und Tage damit verbracht, über seine Bedeutung nachzudenken. Schließlich kam ich zu der Überzeugung, daß ich, wenn ich das Rätsel um die Beziehung zwischen Knecht und der Stadt X lösen könnte, damit auch das Geheimnis um seinen Tod gelüftet würde. Immer stärker setzte sich diese Überzeugung in meinem Herzen fest, bis ich schließlich mein Bündel schnürte und mich auf den Weg in die Stadt X machte. Das war der Anfang meiner Abenteuerreise, von der ich nicht weiß, ob sie von Erfolg gekrönt sein wird. Ich habe einfach das Bedürfnis, mit diesem Herrn M. zu sprechen, ganz gleich wie schwierig das sein mag."

Belustigt fragte Mulham seinen Freund. "Kennst du eigentlich die Geschichte von Sindbad dem Seefahrer und seinen sieben Reisen?"

"Ich habe sie gelesen, als ich zehn war", bejahte Tito die Frage.

"Da paßt deine Reisebeschreibung genau dazu, deine Geschichte ist genauso interessant wie eine achte Reise Sindbads."

Tito lachte über den Vergleich. "Trotzdem, ganz egal was du davon hältst, von mir aus kannst du mich für verrückt erklären. Das ist nicht wichtig, wichtig ist vielmehr, daß du mir zugehört hast." Er griff in seine Hemdtasche und zog ein zusammengefaltetes Stück Papier daraus hervor, das er Mulham hinstreckte. "Das ist der Brief, der einzige, den ich in der Bibliothek des Meisters gefunden habe. Er ist der Grund dafür, daß ich so weit gereist und schließlich hier angekommen bin."

Mulham las den Brief aufmerksam durch und gab ihn Tito zurück. "Verstehst du mich, Mulham?" nahm Tito den Gesprächsfaden wieder auf. "Mein Vater hat diesen Brief auch gelesen, aber er hat keinerlei Anzeichen für eine Vermutung in dieser Richtung darin erkennen können. Er war sehr dagegen, daß ich diese Reise unternehme."

Mulham betrachtete interessiert Titos Gesichtsausdruck. "Ich gewinne aus diesem Brief den Eindruck, als habe dein Meister eine schwere geistige Krise durchgemacht und verzweifelt nach einem Weg gesucht, aus ihr wieder herauszukommen. Die Befreiung hat er offenbar weder in noch außerhalb Kastaliens gefunden. Womöglich hat er deswegen sein Augenmerk auf die Stadt X gerichtet, schließlich ist sie das Thema Nummer eins auf der ganzen Welt. Er ist allerdings nicht der einzige, der das getan hat, sondern wie er haben sich viele auf ihre Seite gestellt. Es gibt sogar solche, die sich aktiv am Kampf zu ihrer Verteidigung beteiligt haben. Ich selbst habe einige von ihnen im Dorf getroffen und lange Diskussionen mit ihnen geführt. Menschen, die sich so verhalten, das habe ich dabei feststellen können, sind in der

Regel sehr gut über die Geschehnisse in der Welt informiert und sich der Probleme, die das Leben stellt, zumeist klar bewußt. Es kann ja sein, daß dein Meister in seinem Denken und Bewußtsein zu ähnlichen Ergebnissen gekommen ist wie jene."

"Ich weiß es nicht genau", erwiderte Tito. "Es ist alles Mögliche denkbar. Aber wenn es so ist, dann verstehe ich eines nicht, nämlich warum Knecht, wenn er schon in der Stadt X eine Lösung zu finden hoffte, sich nicht offen dazu bekannt hat. Er hätte sie zumindest ideologisch unterstützen oder gar sich unter die Verteidiger einreihen können. Was bedeutet es denn, wenn einer Selbstmord begeht? Das beweist doch nur, daß er gescheitert ist und an keine Lösung mehr glauben konnte, außer den Tod und damit den Weggang von dieser Welt."

"Jeder Mensch macht andere Erfahrungen", gab Mulham zu bedenken. "Die Erfahrungen des einen sind nie mit denen eines anderen identisch, auch wenn es manchmal so scheinen mag. Der Glasperlenspielmeister war, so klingt es zumindest aus deinen Worten, ein Mensch, dessen inneres Drama sich immer mehr zuspitzte, je mehr Erfahrungen er sammelte. Seine Intelligenz und sein Wahrnehmungsvermögen waren eine schwere Bürde für ihn. Die Frustrationen häuften sich, bis sie sich zu einem Hindernis aufgetürmt hatten, hinter dem das Licht der Wirklichkeit nur noch sehr schwach hervorleuchtete, so schwach, das es den Weg, der ihn aus der Dunkelheit seiner Zweifel und der Verwirrung geführt hätte, nicht mehr hell genug beleuchten konnte."

"Was soll ich nun deiner Meinung nach tun?" fragte Mulham.

"Hast du davon eine präzise Vorstellung?"

Tito dachte kurz nach.

"Seit ich hier angekommen bin, habe ich ohne Unterlaß darüber nachgedacht, wie ich mich zur Stadt X durchschlagen könnte. Die ganze Zeit habe ich darauf gehofft, einen Menschen zu finden, dem ich würde vertrauen können und der mir den Weg dorthin zeigen würde. Jetzt weiß ich, daß ich diesen Menschen gefunden habe, nämlich dich. Du bist in der Lage, mir behilflich zu sein. Du kennst die Gegend und du kennst die Leute."

Nun wunderte sich Mulham doch über den Eifer, mit dem sein Freund diese Worte hervorbrachte. "Ich möchte etwas dazu sagen, bist du bereit, mich anzuhören?"

"Ja, selbstverständlich. Ich werde nichts ohne dich unternehmen. Dazu kenne ich die Gegend und die Menschen nicht gut genug."

"Ich bin der Meinung wir sollten die Angelegenheit erst einmal verschieben. Das Kriegsgeschehen zwischen der Stadt X und den anderen Städten ist im Augenblick besonders heftig, in der Stadt X selbst stehen die Verhältnisse an der Grenze zum völligen Chaos. Der Kampf um die Macht ist in eine höchst bedenkliche Phase getreten, die Parteien beschuldigen einander des Verrats und der unfairen Kampfführung. Mehrfach haben Leute, die aus der Stadt X kamen, davon berichtet, daß eine große Anzahl von Sabotageakten und Spionageringen aufgedeckt worden sind. Die Beteiligten waren größtenteils politische Flüchtlinge aus verschiedenen Gegenden. Die Verantwortlichen in der Stadt X haben deshalb strenge Sicherheitsmaßnahmen verhängt. Niemand, ganz gleich mit welcher Begründung, darf mehr das Stadtgebiet betreten, es sei denn, es wurden zuvor eingehende Überprüfungen angestellt. Wenn dann doch jemand Einlaß gewährt wird, so wird er ständig auf's genaueste überwacht. Ich bin deshalb der Meinung, daß es im Augenblick außerordentlich riskant ist, wenn man versuchen will, in die Stadt vorzudringen."

"Was soll ich denn tun, wenn das noch lange so weitergeht?" "Sei beruhigt, es gibt auch noch andere Mittel und Wege, ohne daß wir auf abenteuerliche Weise versuchen müssen, über die Grenze zu kommen. Im Dorf sind einige Leute, die alles mögliche schmuggeln, Waffen, Stoff, Lebensmittel und so weiter. Sie haben keinerlei Skrupel, sogar aus dringenden persönlichen Mitteilungen Geld zu machen. Ihr Interesse gilt allein dem Geld, für politische Überzeugungen und Grundsätze haben sie nichts übrig. Wen sie mit dem, was sie tun, unterstützen, wer siegt oder verliert, das ist für sie ohne Bedeutung. Ihnen geht es nur darum, sich zu bereichern. Der Krieg ist für sie nur ein einträgliches Geschäft. Im Grunde wünschen sie sich sogar, er würde nie zu Ende gehen oder sogar noch schlimmer werden, und noch mehr Unglück und Leid über die Menschen bringen, denn das würde die Auftragslage für sie verbessern. Waffen, Medikamente und Grundnahrungsmittel werden zu einem Vielfachen des normalen Preises auf dem Markt verkauft, da kommen Summen zustande, die man fast nicht glauben kann. Aber damit nicht genug, es gibt auch noch andere Möglichkeiten, um sich zu bereichern. Da ist zum Beispiel eine Frau, deren einziger Sohn seit einiger Zeit im Krieg verschollen ist. Keiner weiß, was aus ihm geworden, ob er gefallen oder in Gefangenschaft geraten ist. Keine Sorge, du arme Mutter eines im Krieg Vermißten! Wir werden uns darum kümmern. Aber du mußt wissen, daß das nicht einfach ist, daß es Mühe und Zeit kostet. Wir müssen versuchen, Informationen zu bekommen, und nicht nur das, wir müssen auch einige Leute mit Geld oder Geschenken bestechen. Je nachdem, wie hochstehend die zu bestechende Person ist, desto teurer ist es. Ist es ein hoher Beamter bei der Polizei, so ist die Summe sehr hoch, sonst gibt er die Information nicht heraus. Die arme Frau muß alles, was sie hat, hergeben, leiht sich womöglich noch etwas bei Freunden, nur damit sie etwas über den Verbleib ihres geliebten Kindes erfährt."

Tito's Gesicht wurde heiß vor Zorn. "Der Fluch Gottes soll über den Krieg und seine Henker kommen. Es ist einfach abscheulich, was da geschieht, ganz egal unter welchem Deckmäntelchen. Dem Krieg ist nichts heilig, nicht einmal die Kinder. Sie brauchen nur auf eine verdeckte Mine zu treten, und schon fliegt ihr Körper in Fetzen durch die Luft, bevor sie noch irgendetwas vom Leben wissen."

Mulham war bedrückt. "Die Kriegsübel betreffen ja nicht nur Physisches und Materielles, sondern graben sich tief in die Seelen ein. Zerrissene Gemüter kommen dabei heraus, die an nichts Gutes und Menschliches mehr glauben können. Zu allen Zeiten hinterließen Kriege verstörte Seelen, in denen tiefes Leid verwurzelt liegt, und verkümmerte Wesen, die keine Hoffnung mehr kennen." Mulham zog aus dem Gepäck ein Heft und meinte: "Ich möchte dir einige Gedichte von verschiedenen unbekannten Dichtern vorlesen, die mir von Leuten zugetragen wurden, die ich während meiner Fahrten durchs Land getroffen habe." Er öffnete das Heft und begann mit seinem Vortrag.

Verlassenes Haus
Eine alte Frau sitzt an der Schwelle ihres Hauses,
nichts steht mehr davon
als eine einzige Wand. Sie betrachtet die Sonne,
die sich zum Untergang neigt.
Nur noch wenige Augenblicke,
dann wird der letzte Lichtstrahl verschwinden,
die Weite wird ins Dunkel tauchen.
Die alte Frau zittert vor Angst,
als habe sie gerade der Feind überfallen.
Sie blickt sich um, nichts ist zu erkennen

als Schweigen und dunkle Schatten.
Immer mehr zittert sie,
von allen Seiten wähnt sie sie kommen,
wie der Wind, wie der Schatten.
Am Klang ihrer schweren Schritte erkennt sie sie,
an ihren harten Gesichtszügen,
die Trostlosigkeit, die
jeden Abend über das von seinen Bewohnern
verlassene Haus hereinbricht.

Das wilde Ungeheuer
Der Lehrer richtet an seine Schüler die Frage,
welches Tier wohl das wildeste sei.
Mahmud erhebt sich und antwortet:
"Der Löwe natürlich."
"Setzen!" sagt der Lehrer, und Mahmud weiter:
"Und der Leopard läuft am schnellsten
und mordet am grausamsten".
Der Lehrer schüffelt den Kopf:
"Nein, der Löwe ist es nicht."
Husain meldet sich. "Der Wolf", sagt er,
"denn der ist, wie man weiß, ein gemeiner
und brutaler Schurke."
Der Lehrer antwortet:
"Nein, der Wolf ist es nicht."
Samir steht auf. "Die Schlange ist es,
denn sie ist klug, und ihr Gift ist tödlich."
Wieder muß der Lehrer verneinen:
"Nein, die Schlange ist es nicht."
Die Schüler waren ratlos und wußten

keine Antwort mehr.

Schweigen erfüllte den Raum. Plötzlich verzerrte
sich des Lehrers Antlitz,
er dachte an seine Frau,
ein verirrter Granatsplitter hat sie zerrissen,
vor einem Monat,
das ungeborene Kind in ihrem Leib wurde
dabei getötet.
Hilfesuchend sahen die Kinder in der Klasse auf ihn,
erwarteten von ihm die richtige Antwort.
Mit erstickter Stimme verkündete er
die ganze Wahrheit:
"Es ist das Ungeheuer, das auf zwei Beinen geht.
Kennt ihr es?"
Wieder war es still,
und noch bevor der Lehrer es selbst enthüllte,
brach in der letzten Reihe Geschrei los,
die ganze Klasse war zutiefst erschrocken.
"Ja, wir haben es erkannt,
es ist der Mensch."

Mulham schloß das Heft und legte es wieder in die
Tasche zurück. "Die Gedichte in diesem Heft sind für
mich persönlich besonders wichtig, denn es geht darin
um die zwei wichtigen Themenbereiche Krieg und Unter-
wegssein. Die Autoren sind Menschen, die diese beiden
Themen aus eigener Erfahrung gut kennen. Ich selbst bin
auch jahrelang unterwegs gewesen und habe die damit
verbundenen Strapazen mit vielen anderen geteilt."

Tito lauschte aufmerksam und interessiert den Ausführungen seines Freundes. Aus seinem Gesichtsausdruck war abzulesen, wie sehr sie ihn betroffen machten.

Als Mulham dies bemerkte, versuchte er sofort, das Gespräch in eine andere Richtung zu lenken. Er klopfte seinem Freund sanft auf die Schulter und schlug vor, sie könnten erst einmal etwas essen."

"Ich habe überhaupt keinen Appetit", gab Tito zurück.

"Sollen wir lieber noch einmal ins Wasser gehen?"

"Das ist eine gute Idee, die Hitze heute ist wirklich kaum auszuhalten", stimmte Tito zu.

Sie tauchten in die kühlen Fluten und ließen sich Mal um Mal tiefer hinabsinken, als wollten sie mit dem klaren Wasser die Verunreinigungen der Seele, die ihnen das Leben wie jedem anderen zugefügt hatte, für alle Ewigkeit abwaschen.

Der Mord am Wächter

Bevor die Sonne aufging und die Welt voller Reinheit im Licht des neuen Tages erwachte, durchbrach herzzerreißendes Geschrei die Stille. Es drang aus dem Haus des Dorfvorstehers in die umliegenden Häuser und riß deren Bewohner unsanft aus dem Schlaf. Kurze Zeit darauf hatte sich schon eine neugierige Menschenmenge vor dem Haus des Dorfvorstehers versammelt. Immer noch tönten in unverminderter Lautstärke die Schreie aus dem Haus, doch war die schwere hölzerne Tür von innen verriegelt. "Was sollen wir tun?" fragten sich die anwesenden Männer.

"Wir wollen klopfen" schlug einer vor.

Ein betagter Mann trat aus der Menge vor das Tor und hieb mit seinem Stock dagegen. "Was ist los, Dorfvorsteher? Mach' auf!"

Die Tür öffnete sich ganz unvermittelt, und die Frau des Dorfvorstehers trat daraus hervor. Den Anwesenden lief es kalt den Rücken herunter, als sie sie sahen.

"Welch ein Unglück ist über uns gekommen, welch ein Unheil!" rief sie völlig außer sich, raufte sich das Haar, schlug die Hände vors Gesicht. "Hör' doch auf, so zu schreien!" trat ein Mann ihr entgegen. "Was ist los? Sprich!"

"Es ist so schrecklich, wie kann ich es euch sagen?" heulte sie verzweifelt weiter.

Eine junge Frau trat vor sie hin und legte ihr sanft die Hand auf die Schulter. "Beruhige dich doch", sprach sie ruhig auf sie ein. "Fasse dich wieder, sag' uns, was passiert ist!"

Mit tränenerstickter Stimme begann des Dorfvorstehers Frau endlich zögernd ihren Bericht.

"Ich bin heute morgen von einem furchtbaren Geschrei und Gestöhne aufgeweckt worden. Ich hatte solche

Angst. Das Geräusch kam von unten. Ich bin aus dem Bett gestiegen und habe die Schlafzimmertür aufgemacht. "Wahschi", habe ich gerufen, "Wahschi, was ist los?" Keine Antwort. Dann bin ich zitternd vor Furcht Stufe um Stufe die Treppe hinuntergegangen. Auf der untersten Stufe habe ich mich umgesehen, da standen die Möbel und die Bilder hingen wie immer an den Wänden. Dann bin ich in die Amtsstube von Hamid, dem Amtsschreiber, hineingegangen. Es war aufgeräumt, ich konnte kein Anzeichen dafür finden, daß irgendjemand vor mir in dem Raum gewesen war. Ich ging hinaus und schloß die Tür hinter mir. Dann ging ich in Richtung Wahschis Wachstube. Die Tür stand halb offen. Hineingehen wollte ich nicht, denn ich war sicher, daß er darinnen war. Ich rief ihn, bekam aber keine Antwort. Schließlich mußte ich doch selbst nachsehen. Ein grauenhafter Anblick bot sich mir, Wahschi lag auf dem Rücken auf dem Boden, Blut quoll aus seinem Mund und aus seiner Brust, es bildete eine richtige Lache in der Mitte des Zimmers. Ich ging zu ihm hin, um vielleicht noch ein Lebenszeichen zu entdecken, aber er war tot. Sein Körper war von der Brust bis zum Gürtel mit schweren Wunden übersät, es sah ganz so aus, als habe ihn der Mörder mit einem Dolch oder einem Beil umgebracht." Sie konnte vor Schluchzen nicht weiterreden. "Was soll ich nur dem Dorfvorsteher sagen?" brachte sie schließlich hervor.

"Er ist noch gar nicht lange weg, und nun passiert so etwas!"

"Wir wollen die Leiche sehen", trat ein Mann an sie heran, "wo ist sie?"

Die Frau des Dorfvorstehers ging zurück ins Haus, gefolgt von der Menge. Angesichts des toten, blutüberströmten Körpers fingen die Frauen lauthals an zu schreien. Ihre Klagen erfüllten alle Anwesenden mit Schrecken. Einige eilten hinaus und kündeten mit ihrem Wehgeschrei vom Tode Wahschis. Von der Nachricht wurde das ganze Dorf aus dem Schlaf gerissen, wie ein Lauffeuer eilte sie von Haus zu Haus geschrien wurde. Auch Baha', der Kaufmann, erwachte davon. Mit donnernder Stimme rief er nach seiner Dienerin. Keuchend kam die Alte vor ihn geeilt. "Ich weiß nicht, was das soll", sprach sie, "ich habe Frauen auf der Gasse schreien hören."

"Denkst du, ich bin taub?" herrschte er sie an." Das Geschrei höre ich selbst. Geh' und sieh nach, was los ist!"

Die alte Dienerin eilte davon. An der Tür stolperte sie über ihren Rock und stürzte zu Boden. Sie versuchte aufzustehen, vermochte es aber nicht, die Kraft war aus ihrem Körper gewichen, sie spürte, wie Kälte sich darin ausbreitete. Einige Augenblicke später erstarb das letzte Flackern ihres Lebenslichts, das Leben wich aus ihrem ausgemergelten Körper.

Unruhig wartete Baha' darauf, daß sie wiederkäme, doch sie kam nicht. Zorn stieg in ihm hoch, verzerrte seine Lippen zu einem dünnen Strich. "Wo ist sie nur hingegangen, die dumme Alte", knurrte er vor sich hin,

"Ich habe sie nicht weggeschickt, damit sie sich draußen amüsieren geht. Warte nur, du Hündin, wenn ich dich das nächste Mal zu Gesicht bekomme, wird es dir schlecht ergehen!" Schließlich hielt es ihn nicht mehr auf seinem Nachtlager. Er sprang auf und ging ins Zimmer nebenan, wo seine kranke Tochter Nuzha schlief. "Steh' auf, Nuzha. Es wird nicht mehr geschlafen jetzt. Geh' und such' die grauhaarige Alte, sie ist schon viel zu lange weg." Nuzha regte sich nicht. Ihr Schlaf glich einer Ohnmacht, nichts von dem, was um sie herum geschah, drang in ihr Bewußtsein. Ihr Körper, der von der Krankheit geschwächt war, verweigerte die Kontaktaufnahme mit der Außenwelt. Ihr Vater war streng und grob zu ihr gewesen und hatte ihr verboten, das Haus zu verlassen. So hatte sie sich ganz in sich selbst zurükgezogen, sich nur mit

sich selbst beschäftigt, sich für nichts anderes auf der
Welt mehr interessiert. Mit ihrer Umgebung hatte sie
nichts mehr zu tun, sie erschien ihr wie tot, ohne den Puls
des Lebens, ohne Hoffnung. Einzig der Gedanke, daß irgendwo da draußen ein Herz mit ihr fühlte und an sie
dachte, gab ihr bisweilen Trost in diesen schweren Tagen.
Das war, wenn sie an Surur dachte. Aber auch mit diesem
Gedanken waren Schmerz und Qual verbunden, denn das
Schicksal hatte bestimmt, daß sie nicht bei ihm sein durfte. Ihr hatte es zu genügen, wenn sie über die Leute im
Dorf etwas über ihn erfuhr. Und dieser letzte Trost war
ihr nun genommen, seit wie wußte, daß Surur das Dorf
verlassen würde, daß er vorhatte fortzugehen, um nie
wieder zurückzukehren.

Baha' stand am Fußende des Bettes seiner Tochter und
betrachtete ihre leichenblassen Züge. Ein ungutes Gefühl
bemächtigte sich seiner bei ihrem elenden Anblick. Er
sollte dieses armselige Geschöpf wohl lieber in Ruhe lassen, dachte er bei sich. Die anderen Mädchen im Dorf
waren voller Lebenskraft und reiften heran mit rosenroten
Wangen. Und das war also seine einzige Tochter. Die böse Krankheit hatte sie gepackt und in einen dahinsiechen-
den Schatten ihrer selbst verwandelt. Kummer schnürte
sein Herz zusammen, das Atmen fiel ihm schwer. Er verließ schnell das Zimmer und ging zur Haustür. An der
Schwelle sah er Salima mit dem Gesicht im Staub liegen.
Er beugte sich über sie und versuchte, ihr Gesicht zu erkennen, aber es war von Staub bedeckt, so daß er sie auf
die Seite drehen mußte. Ihm war dabei, als bewege er einen verdorrten Palmwedel. Die greise Dienerin war aus
dem Leben geschieden und hatte endlich Ruhe vor ihrem
rücksichtslosen Herrn, dem sie all die Zeit treu gedient
hatte, ohne daß er auch nur ein einziges Mal ein freundli-
ches Wort für sie übrig gehabt hätte. Baha' starrte auf die
Leiche und faßte sich ratlos an den Bart. Unschlüssig,

was nun zuerst zu tun wäre, fluchte er laut. "Verdammt soll dieser unglückselige Morgen sein. Ein Unglück jagt das andere, soll das so weitergehen?" Er richtete die Augen nach oben und fragte Gott, was er noch mit ihm vorhabe, seine Tochter schwerkrank, die Dienerin tot, und was im Dorf vorgefallen war, wußte er nicht. Unschlüssig stand er da und blickte sich nach allen Seiten um. Wirr schossen ihm die Gedanken durch den Kopf. Zum ersten Mal in seinem Leben stieg so etwas wie Reue in seinem Herzen auf. Zuletzt entschloß er sich, selbst nachzusehen, was im Dorf vorgefallen war. Er eilte in die Richtung, aus der das Geschrei kam, bis er auf eine Frau stieß, die ihm entgegenrief: "Wahschi, der Wächter des Dorfvorstehers, ist getötet worden. Oh unglückseliger Tag."

Baha' trat ihr in den Weg und fragte: "lst das wahr, was du da sagst?" Seine Stimme zitterte.

"Ja, es ist wahr. Ich war gleich unter den ersten, die zum Haus des Dorfvorstehers geeilt sind, und ich habe Wahschis Leiche mit eigenen Augen auf dem Boden liegen sehen. Sein Körper war mit Stichen übersät und auf dem Boden floß sein Blut."

"Wer ist es gewesen?" Zornig drang Baha' auf die Frau ein. "Los, sag' mir, wer es gewesen ist!"

"Das weiß keiner", gab die Frau eingeschüchtert zurück. "Ich habe in dem Raum niemanden gesehen außer Wahschis Leiche und der Frau des Dorfvorstehers, die ihn gefunden und uns mit ihrem Schreien aus dem Schlaf gerissen hat. Sie machte uns die Tür auf, kam in einer jämmerlichen Verfassung heraus, schlug die Hände vors Gesicht und erzählte uns dann die Geschichte. Danach führte sie uns selbst in den Raum, in dem der Tote lag. Sie hat keine Ahnung, wer es gewesen sein könnte."

Baha' zog sich die Sandalen von den Füßen, nahm sie in die Hand und lief im Eilschritt zum Haus des Dorfvorstehers. Die Haustür stand offen. Er ging hinein und die

Treppe hinunter in das Zimmer, in dem der Tote lag. Als die Frau des Dorfvorstehers ihn hereintreten sah, fing sie von neuem zu weinen an.

"Jetzt ist es nicht mehr zu leugnen, Baha'", brachte sie schließlich hervor, "ein großes Unglück liegt über dem ganzen Dorf."

"Laßt mich durch", herrschte Baha' die im Eingang zusammengedrängt stehenden Menschen an.

Mit den Ellenbogen bahnte er sich unsanft einen Weg durch die Menge, bis er vor der Leiche stand. Seine Stimme überschlug sich fast, als er seine Wehklage anstimmte:

"Wie furchtbar, was für ein grauenhaftes Verbrechen! Und was für ein Verlust für den Dorfvorsteher. Ein Mann ist aus unserer Mitte gerissen worden, der mutig, treu und klug war wie nur wenige andere."

"Ja, wer wird jetzt das Haus bewachen?" "wehklagte die Frau des Dorfvorstehers unter Tränen. "Wer, sag' es mir, Wahschi, wer?"

"Wo ist eigentlich der Dorfvorsteher?"erkundigte sich plötzlich einer der Anwesenden.

"Er macht einen Besuch bei Freunden in einem der Dörfer in der Umgebung", beantwortete die Frau des Dorfvorstehers seine Frage.

"Er hat gemeint, er werde wohl drei oder vier Tage dort bleiben."

Baha' blickte zu Boden und sagte nichts. Er wußte genau, wo sich der Dorfvorsteher aufhielt. Er war bei der Frau eines Jägers, die er vor über vier Jahren kennengelernt hatte. Jetzt war die Jagd eröffnet worden, und der Jäger war draußen in der Wildnis. Die Gelegenheit, mit ihr einige liebestolle Tage zu genießen, ließ sich der Dorfvorsteher auch in diesem Jahr nicht entgehen.

"Dann soll jemand gehen und ihn holen", forderte eine Stimme aus der Menge.

"Ich weiß ja nicht einmal, wo er genau ist", wandte die Frau des Dorfvorstehers ein.

"Laßt das meine Sache sein", mischte sich Baha' ein.

"Geht nach Hause, bis wir ihn gefunden haben."

Bevor noch alle verschwunden waren, hatte er zwei Frauen gebeten, noch bei der Frau des Dorfvorstehers zu bleiben, um sie zu trösten und zu beruhigen. Nachdem sich die Menschenansammlung aufgelöst hatte, blieb nur noch Baha' mit den drei Frauen zurück. "Wo ist Amtsschreiber Hamid?" wollte Baha' von der Frau des Dorfvorstehers wissen. "Ich habe ihn schon seit einer Weile nicht mehr gesehen."

"Gestern abend war er noch hier", berichtete sie ihm. "Wir haben zusammen Tee getrunken, er, Wahschi, Nadya, die Frau des verstorbenen Parfümhändlers, und ich. Nadya ist dann nach Hause gegangen. Ich weiß nicht, ob Hamid auch gegangen oder ob er die Nacht über hier in seiner Amtsstube geblieben ist. Er und Wahschi haben noch geredet, aber ich bin ins Bett gegangen, denn ich war sehr müde."

Baha' dachte unvermittelt an die alte Salima, die tot auf der Schwelle seines Hauses lag. Es war ihm peinlich, daß er noch niemandem von ihrem Tod Mitteilung gemacht hatte. Wenn die anderen, die gerade eben aus diesem Haus fortgegangen waren, sie entdeckten, dann wäre er als gefühlloser Mensch abgestempelt. Was sollte er tun? Am besten, dachte er bei sich, ging er jetzt zu sich nach Hause und dann wieder hierher, damit es so aussah, als habe er ihren Tod erst nach Wahschis Tod bemerkt.

Er verabschiedete sich, versicherte aber, er werde sie nicht lange alleine lassen. Er raffte seinen Wollmantel zusammen und ging, um in der Tat nach kurzer Zeit wiederzukommen. "In Gottes Hand sind wir gestellt, zu ihm kehren wir am Ende zurück. Auch Salima ist heimgegangen. Was für ein unheilvoller Morgen!"

Auf diese Nachricht hin stimmten die Frauen wiederum die Totenklage an. Baha' sprach ihnen tröstende Worte zu, wie sie bei derartigen Anlässen immer wieder benutzt werden.

"Wir müssen doch alle irgendwann einmal sterben. Was ist das irdische Leben anderes als eine Etappe auf dem Weg ins ewige Leben, in ein dauerhafteres und angenehmeres Sein." Diese Worte konnten das Wehklagen jedoch nicht zum Erstummen bringen. Baha' schenkte ihm keine weitere Beachtung und hing seinen Gedanken nach. Sie führten ihn zu dem Waffengeschäft, das er vor kurzem mit einem Abgesandten aus der Stadt X geschlossen hatte. Wahschi in seiner Funktion als Wächter und enger Mitarbeiter des Dorfvorstehers war es gewesen, der dieses Geschäft in die Wege geleitet hatte. Er hatte sich in Begleitung zweier Männer mit dem Abgeordneten der Stadt X an der Grenze getroffen. Die Summe, die der Abgeordnete geboten hatte, hatte all seine Erwartungen weit übertroffen. Was sollte er jetzt tun? Mit Wahschis Ermordung waren Umstände eingetreten, mit denen keiner gerechnet hatte. Und die heimliche Transaktion hatte noch nicht stattgefunden. Es wäre wirklich zu schade, wenn ihm dieser Gewinn entginge, aber dazu mußte das Geschäft auch stattfinden. Jetzt galt es, sagte er sich, so bald als möglich einen Mann wie Wahschi zu finden, der geschickt und klug genug war, die erforderlichen Waffen aufzutreiben und an einen sicheren Ort zu bringen, und zwar ohne daß irgendein Spion von der Sache Wind bekam. Der Dorfvorsteher kannte sicherlich genug Leute dieser Art. Es wäre eine Katastrophe, wenn der ihn in dieser Angelegenheit alleine ließ. Spione gab es inzwischen an jeder Straßenecke, und wenn die Sache herauskam, dann war es aus, endgültig aus. Es war wohl am besten, wenn man nicht versuchte, sich dieses Ende auszumalen. In diesem Krisenherd der Welt waren zahlreiche

Praktiken verbreitet, um unerwünschte Elemente zu liqui-
dieren.

Baha' schauderte bei diesen Gedanken, er versuchte
sich auf die Wirklichkeit zu konzentrieren, indem er sich
jede Einzelheit im Raum einprägte. Er mußte sich von
diesen dunklen Gedanken ablenken, sie waren zu beäng-
stigend und verursachten ihm Schweißausbrüche.

Er seufzte tief, zog ein Taschentuch hervor, wischte
sich die Schweißtropfen von der Stirn und zwang sich,
langsam zu sprechen. "Ich will mich unverzüglich auf
den Weg machen, um den Dorfvorsteher zu suchen. Es
dürfte nicht sehr lange dauern, das hoffe ich zumindest.
Wenn alles gut geht, sind wir am Nachmittag wieder hier.
Ich werde ein paar Frauen damit beauftragen, sich um die
verstorbene Salima zu kümmern, sie zu waschen und in
ein Leichentuch zu legen, bis ich wieder da bin." Mit diesen Worten ging er hinaus.

Auf dem Weg begann er ein Selbstgespräch: Nur Gott
kannte die Wege des Schicksals. Daß Wahschi umgebracht worden war, war allerdings ein böses Omen und
ließ darauf schließen, das schon bald großes Unglück
über das Dorf kommen würde. Daß so etwas geschehen
konnte, zeugte davon, daß große Unruhen bevorstanden,
und Unruhen bedeuteten schonungslose Vernichtung. Er,
Baha', mußte nun wachsam sein, damit er nicht in den
Strudel hineingezogen wurde. Wer hatte wohl Wahschi
umgebracht? War der Mörder womöglich im Umfeld des
Dorfvorstehers zu suchen? Das war unwahrscheinlich,
denn in letzter Zeit hatte es dort keine nennenswerten
Meinungsverschiedenheiten gegeben. Die Mitarbeiter
verstanden sich recht gut untereinander, und die unbe-
strittene Autorität des Dorfvorstehers verhinderte jegliche
Spaltung. Ob der Täter dann vielleicht in den Reihen der
vom Oberkommando der Allianz gekauften Spione zu suchen war? Möglich war das schon, aber hoffentlich nicht

der Fall. Denn das würde bedeuten, daß die Sache aufge-
flogen war, und das Oberkommando hätte dann einen
willkommenen Grund gefunden, sich am ganzen Dorf zu
rächen.

Baha' war noch nicht weit vom Haus des Dorfvorstehers entfernt, da kam ihm Hauasin auf dem Weg entgegen. Als nur noch wenige Schritte sie trennten, fragte
Hauasin als erstes: "Ist Wahschi wirklich ermordet worden?"

"Ja, das stimmt, und Salima, meine Dienerin, ist auch
tot, allerdings ist sie eines natürlichen Todes gestorben."

"Das ist ja schrecklich. Und wie genau ist Wahschi
umgebracht worden?"

"Ich weiß es nicht. Gott allein kennt den Mörder."

Bevor sie sich trennten, bat Baha' Hauasin, er möge
doch mit einigen Frauen aus dem Dorf zu seinem Haus
gehen, vor dessen Türe noch immer Salimas Leiche lag,
um die keiner weinte und niemand eine Träne vergoß.

In der Tat kehrte der Dorfvorsteher am Nachmittag ins
Dorf zurück. In seinem Haus drängten sich unzählige
Menschen. Als die Frauen ihn sahen, stimmten sie wieder
ihr Wehgeschrei an und schlugen sich ins Gesicht.

Der Dorfvorsteher preßte die Lippen zusammen, als er
sein Haus betrat. Seine Augen sprühten vor Zorn. Keiner
der Männer wagte es, ihn in dieser Verfassung anzuspre-
chen. Voll Bitterkeit trat der Dorfvorsteher vor Wahschis
Leiche. Er konnte es nicht fassen. Wer konnte die Drei-
stigkeit besitzen, einfach seinen Wächter zu töten? Wer
hatte das getan?

Er rang um seine Fassung, das Blut stieg ihm in die
Schläfen und drohte sie zu sprengen. Zu seiner Frau gewandt, stieß er hervor:

"Wer hat dieses abscheuliche Verbrechen zu verant-
worten?"

"Ich weiß es nicht", erwiderte sie mit belegter Stimme

und fing sofort wieder das Weinen an. Die übrigen Frauen taten es ihr gleich.

"Ruhe! Hört auf damit!" brüllte der Dorfvorsteher dazwischen.

"Dann will ich es von euch wissen", wandte er sich daraufhin an die übrigen Anwesenden, "wer hat Wahschi auf dem Gewissen?"

"Das weiß keiner", ließ sich eine Stimme vernehmen. "Wir haben ja wahrlich keinen Vorteil davon", gab ein anderer zu bedenken.

"Wahschi war doch einer von uns", rief ein Dritter.

"Schluß jetzt, genug", dröhnte der Dorfvorsteher, "geht mir aus den Augen, verschwindet jetzt, ich möchte niemanden mehr sehen!"

Bedrückt zogen die Leute davon. Nur der Dorfvorsteher, seine Frau und Baha' waren jetzt noch im Hause. Der Dorfvorsteher sah sich suchend nach seinem Amtsschreiber um.

"Wo ist Hamid?" erkundigte er sich.

"Ich habe ihn seit gestern abend nicht mehr gesehen", antwortete seine Frau, "vielleicht ist er zu Hause".

Der Dorfvorsteher beauftragte Baha', zu Hamid zu gehen und ihn unverzüglich zu ihm zu bestellen. Baha' machte sich auf den Weg, und schon eine Stunde später stand er in Begleitung Hamids wieder vor ihm.

Hamid wurde kreidebleich unter des Dorfvorstehers forschend auf ihn gerichtetem Blick.

"Weißt du denn nichts von Wahschis Ermordung? Das ganze Dorf weiß es, Hamid, nur du nicht. Ich muß sagen, ich finde es sehr seltsam, daß ausgerechnet mein Amtsschreiber als letzter von der Sache erfährt. Warum warst du nicht zur Stelle? Ich möchte die Wahrheit wissen."

Hamid zitterte am ganzen Leib. "Ich habe davon nichts gewußt. Ich war zu Hause, ich war so erschöpft, ich brauchte meine Ruhe."

Der Dorfvorsteher brüllte ihn zornig an: "Und warum bist du dann so nervös und aufgeregt? Man möchte meinen, du weißt mehr von der Sache. Ich möchte es wissen. Sag' es mir! Du brauchst keine Angst zu haben."

Hamid hatte das deutliche Gefühl, das Dach des Hauses werde jede Sekunde über ihm zusammenstürzen. Die Angst raubte ihm schier die Besinnung. "Ich habe keine Ahnung", brachte er stotternd hervor. "Ich bin vorgestern hier weggegangen, ich weiß nicht, was in der Zwischenzeit hier geschehen ist."

Resigniert dachte der Dorfvorsteher bei sich, daß er verspielt habe und das Unheil nun seinen Lauf nahm. Er fühlte, daß die Tage des Glücks und der Unbeschwertheit in seinem Hause unwiederbringlich zu Ende waren, daß jetzt die Zeit des Unglücks angebrochen war. Sein Schicksal war besiegelt.

Er wandte sich an Hamid.

"Du bleibst hier im Haus und verläßt es unter keinen Umständen", befahl er ihm. "Falls du dich meiner Anordnung widersetzt, kannst du dich auf das Schlimmste gefaßt machen. Hast du mich verstanden?"

"Ja, mein Herr. Ich beuge mich deinem Befehl."

Am darauffolgenden Tag wurde Wahschi um die Mittagszeit auf dem Dorffriedhof beigesetzt. Dieser Tag ging in die Annalen der Dorfgeschichte ein, denn der Dorfvorsteher hielt vor seinen Untergebenen eine Grabrede, in der nicht nur Wahschis Verdienste gewürdigt, sondern die Situation im Dorf allgemein angesprochen wurde. "In dieser Stunde", so begann er seine Ansprache, "nehmen wir Abschied von einem Menschen, der uns allen lieb war, weil er sich jederzeit aufopferungsvoll seiner Pflicht gestellt hat. Er war nicht nur der Wächter meines Hauses, sondern der Wächter des gesamten Dorfes. Sein wachsames Auge sorgte für unsere Sicherheit in Zeiten, in denen

Krieg und Kampf an der Tagesordnung waren und sind. Die Geschichte unseres Dorfes ist die Geschichte unseres Kampfes um die Unabhängigkeit. Wir haben unser Dorf für Flüchtlinge aus aller Welt geöffnet und ihnen Nahrung, Kleidung und Unterkunft gegeben. Trotz zahlreicher gegen uns gerichteter Verschwörungen von außen haben wir uns nicht beugen lassen. Wir haben stets an der Neutralität gegenüber den Auseinandersetzungen zwischen der Stadt X und den anderen Städten festgehalten. Wir wissen allerdings nur zu genau, daß das Oberkommando der Städte der Allianz diese Haltung nicht akzeptiert, sondern uns als Opportunisten betrachtet. Dennoch konnten wir im Verlauf wiederholter Zusammenkünfte Vertretern beider Seiten die wahren Hintergründe unseres Standpunkts vortragen und näherbringen. Wer allerdings auf Gewalt setzt, der verpflichtet sich auch einer Logik der Gewalt und stellt sich damit außerhalb der Denkweise der Allgemeinheit. Wie auch immer die Umstände sich gestalten, wir werden unsere Haltung nicht aufgeben, wir werden uns nicht in die Auseinandersetzung hineinziehen lassen. Daß Wahschi auf so grausame Weise umgebracht wurde, ist ein Verbrechen von solch unsäglicher Abscheulichkeit, daß mir die Worte fehlen. Die Mörder werden ihrer gerechten Strafe nicht entgehen, ganz gleich aus welchem Lager sie kommen. Ich fordere bei dieser Gelegenheit sämtliche Bewohner des Dorfes der Verrückten dazu auf, nach den Mördern zu fahnden und sie zu stellen. Was hier geschehen ist, ist eine Herausforderung an uns alle. Wir sind gewarnt, wir dürfen es nicht zulassen, daß die Ruhe an diesem Ort des Friedens gestört wird. Möge Gott den Verstorbenen mit seiner Gnade beschenken und ihn zu sich in sein Reich nehmen, denn zu Gott kehren wir alle zurück."

Nach Beendigung der Feierlichkeiten kehrte der Dorfvorsteher nach Hause zurück. Auf seinem Gesicht war seine innere Verzweiflung abzulesen. Es hatte ihn wahrlich hart getroffen, daß er von einem Tag auf den anderen seine rechte Hand, den geistigen Vater seines Tuns verloren hatte. Wahschis Tod war für ihn tatsächlich ein schwerer Verlust, der wohl kaum zu ersetzen war. Er bekam Angst und heftige Besorgnis erwachte in ihm. Ihm schien, als solle er mit der Ermordung Wahschis vor etwas gewarnt werden. Es war ja durchaus möglich, daß er als nächstes Opfer vorgesehen war. Dunkle Gedanken zogen ihm durch den Sinn, Zweifel zerrissen sein Herz. Wer mochte wohl der Mörder gewesen sein, fragte er sich bang, die vom Oberkommando der alliierten Städte ausgesandten Spione? Er mochte es nicht glauben, dafür war das Verhältnis zwischen ihm und dieser Institution zu geschäftsmäßig. Und von dem Waffengeschäft, das mit der Stadt X geplant war, konnten die nichts wissen, es war unter vollständiger Geheimhaltung geschlossen worden. So schnell konnten keine Informationen durchsickern. Wer also mochte der Mörder sein? Ob womöglich Nadya sich auf diese Weise für ihren Mann hatte rächen wollen? Dieser Gedanke war nicht mit völliger Sicherheit auszuschließen. Andererseits war Nadyas Mann schon lange tot, und war sein Verhältnis zu ihr in letzter Zeit nicht merklich besser geworden? Trotzdem, man konnte nie wissen, möglich war alles, und Frauen konnten so hinterhältig sein.

Diese und andere Gedanken beschäftigten den Dorfvorsteher. Sie verursachten heftige Erregung, brachten sein Inneres in Aufruhr, bis er weder ein noch aus wußte. In seiner Erregung preßte er die Zähne aufeinander und schlug mit den Fäusten gegen die Wand. Es dauerte eine geraume Weile, bis er sich ein wenig gefaßt hatte. Danach rief er Hamid und trug ihm auf, zu Nadya zu gehen und sie zu ihm zu bitten. Hamid entrang sich ein Seufzer der Erleichterung aus, als sein Vorgesetzter ihm wieder wie normal einen Auftrag erteilte. Seit seinem letzten Gespräch mit ihm war er vor lauter Sorge wie gelähmt gewesen, weil der Dorfvorsteher immer wieder Bemerkungen gemacht hatte, denen zu entnehmen war, daß er ihm nicht glaubte. Er hatte deswegen die ganze Zeit das dringende Bedürfnis gespürt, so bald als möglich mit seiner Komplizin Kontakt aufzunehmen, damit sie erfuhr, wie das Gespräch zwischen ihm und dem Dorfvorsteher verlaufen war. Nadyas Plan war es gewesen, das Verbrechen in der Abwesenheit des Dorfvorstehers stattfinden zu lassen. Nachdem sie bemerkt hatte, daß sowohl Hamid als auch Wahschi ihr bei ihren zahlreichen Besuchen im Haus des Dorfvorstehers mit begierigen Blicken nachschauten, versuchte sie die Lage für ihre Zwecke auszunutzen, indem sie beide mit freundlichem Lächeln in ihren Bemühungen um sie bestärkte. Sie hatte es darauf angelegt, sich die beiden auf diese Weise gefügig zu machen, bis schließlich jeder von ihnen sicher war, er habe ihre Zuneigung gewonnen. Als der Dorfvorsteher dann auf Reisen ging, kam ihr die Idee, Hamid dazu zu benutzen, an Wahschi Rache zu nehmen. Denn Wahschi war es gewesen, davon war Nadya überzeugt, der auf Anweisung des Dorfvorstehers den Mord an ihrem Mann ausgeführt hatte. Sie wollte sich zunächst an ihm und danach an seinem Auftraggeber rächen.

Als kein Zweifel mehr daran bestand, daß sowohl Wahschi als auch Hamid bis über beide Ohren in sie verliebt waren, machte sie Hamid gegenüber besonders deutliche Anzeichen dafür, daß seine Zuneigung womöglich erwidert werden könnte, indem sie ihm zulächelte, zublinzelte, mit wiegenden Hüften vor ihm auf und ab ging, bis er schließlich so weit war, sich ihr zu eröffnen, und ihr seine Liebe gestand. Das war der Augenblick, auf den Nadya hingearbeitet hatte. Sie erklärte ihm, daß sie keine Beziehung mit ihm eingehen könne, solange nicht Wahschi, der sie ebenfalls liebte, aus der Konkurrenz ausgeschieden sei. In ihrem Herzen sei kein Platz für zwei, erklärte sie ihm. "Du hast die Wahl, entweder du oder er, räum' ihn beiseite, bevor er dasselbe mit dir tut", empfahl sie ihm dann.

"Und was ist mit dem Dorfvorsteher?" hatte sich Hamid damals erkundigt.

"Glaubst du wirklich, ich liebe diesen eingebildeten Fettwanst?" hatte sie ihn beruhigt. "Da täuschst du dich wirklich gewaltig, lieber Hamid, wenn du im Ernst glaubst, ich könnte für diese häßliche Gestalt auch nur ein Quentchen Zuneigung aufbringen."

Lange Stunden hatte sich Hamid den von Nadya vorgeschlagenen Handel durch den Kopf gehen lassen und zuletzt zugestimmt. Vor Anbruch der Morgendämmerung war er unbemerkt in das Zimmer geschlichen, in dem Wahschi schlief. Auf einem Tischchen neben Wahschis Bett lagen die Hausschlüssel. Er hatte damit die Tür am Hinterausgang des Hauses geöffnet und sie geräuschlos wieder auf denselben Platz zurückgelegt. Dann hatte er mit der Hand nach einem der Speere an der Wand getastet, ihn heruntergenommen und damit auf Wahschis massigen Leib eingestochen, bis der sich nicht mehr rührte. Danach war er gegangen und hatte unterwegs Mulham getroffen, der ihm bedrückt und erschöpft schien. "Wie geht es dir", hatte Wahschi sich erkundigt. "Du siehst betrübt und müde aus."

"Du hast recht", Mulham hatte tief seufzen müssen, "ich bin mut - und kraftlos. Das Schicksal gönnt mir keine Ruhepause. Überallhin verfolgt es mich und stellt sich mir dann mit erhobener Klinge in den Weg, als suche es Vergeltung. Alles ist mir genommen worden, zuerst meine Heimat und mein Volk, eine Weile später hat das Schicksal dann meine Frau gefordert. Und jetzt entreißt es mir meinen Freund Surur. Ich habe ihm gerade erst das letzte Lebewohl gewünscht, und es ist nicht anzunehmen, daß ich ihn je wiedersehen werde. Er wollte irgendwo hingehen, wo es keine Menschen gibt, und niemand darf seinen Aufenthaltsort erfahren."

Hamid hatte es dann doch leidgetan, was mit Surur geschehen war. "Ich war Surur nie böse gesonnen", hatte er gesagt, "ich habe nur ausgeführt, was mir der Dorfvorsteher befohlen hat. Es war meine Pflicht, das mußt du verstehen, Mulham. Du weißt doch selbst, daß immer Baha' dahintersteckt, wenn es Probleme gibt."

"Endlich gibst du die Wahrheit zu", hatte Mulham darauf erwidert, und Hamid hatte seine Worte auf der Stelle bereut, nur weil er nach dem gerade begangenen Mord an Wahschi so durcheinander gewesen war, hatte er sich zu so einer Äußerung hinreißen lassen. Danach hatte er sich schnell verabschiedet und war verschwunden.

Nadya war tief in Gedanken versunken, als Hamid bei ihr an die Tür klopfte. Verwirrt tauchte sie aus ihren Gedanken auf, und ein leichtes Gefühl der Beklommenheit bemächtigte sich ihrer. Wenn nun einer der Schärgen des Dorfvorstehers kam, um sie zu verhaften? Ohne aufzustehen rief sie: "Wer ist da?" Schwer atmend gab Hamid zur Antwort: "Ich bin es, Hamid. Mach' auf!"

Sie stand auf und öffnete die Tür. Hamid empfing sie mit ausgebreiteten Armen. Sie trat jedoch schnell einen Schritt zurück. "Langsam und mit Bedacht, Hamid!" wies sie ihn zurück.

"Bis jetzt sind wir nichts weiter als Freunde."

Hamid verspürte einen Stich, er war tief getroffen, Enttäuschung kam in ihm hoch. "Nadya, was redest du da? Was ist mit dem Versprechen, das du mir gegeben hast? Machst du dich über mich lustig, was ist los?"

Nadya versuchte ihn zu beruhigen. "Nein, ich mache mich nicht über dich lustig, Hamid", sprach sie mit vertrauenheischender Stimme auf ihn ein. "Ich finde nur, wir müßten zuerst den Weg ebnen und alle Hindernisse beseitigen, sonst können wir uns nie richtig sicher fühlen."

"Ich möchte nun endlich wissen, worauf du eigentlich hinauswillst. Was du von mir verlangt hast, habe ich getan. Was willst du noch mehr?"

"Beruhige dich doch, Hamid", Nadyas Stimme klang weich und zart. "Wenn du so zornig bist, können wir nicht vernünftig planen. Die wichtigste Aufgabe steht uns erst noch bevor."

Hamid spürte Zorn in seinem Herzen aufsteigen, sein Kopf dröhnte. "Ich verstehe das nicht, Nadya", sagte er fast flehentlich, "bitte erkläre es mir."

Nadyas Stimme war auf einmal schneidend und hart. "Das größte Hindernis auf unserem Weg ist der Dorfvorsteher. Wir müssen ihn beseitigen, denn wir können nicht heiraten, solange er am Leben ist. Wenn er von unserem Verhältnis erfährt, wird er uns beide töten. Du weißt ja, daß er darauf aus ist, mich zur Frau zu bekommen."

Schwindel erfaßte Hamid, er fühlte den Boden unter seinen Füßen schwanken. Was sollte er jetzt tun? Nadya hatte ihm eine Schlinge um den Hals gelegt, aus der er es kein Entkommen gab. Er sah auf seine Hände. Sie zitterten. Mit diesen Händen hatte er also Wahschi getötet, sagte er zu sich, und das für eine Frau, die außer trügerischen Versprechungen nichts zu bieten hatte. Wieso hatte er das getan, wieso war er so dumm gewesen?

Mißtrauisch und mit blitzenden Augen sah er Nadya ins Gesicht. Verwundert und beunruhigt sah sie die Vorgänge in seinem Innern sich in seiner Körpersprache wiederspiegeln. Plötzlich kam Hamid siedendheiß der Verdacht, Nadya habe ihn nur ausgenützt, um an Wahschi und dem Dorfvorsteher Vergeltung für ihren Mann zu nehmen. Immer deutlicher erkannte er, daß alles, was sie ihm an Zuneigung und Aufmerksamkeit gezeigt hatte, vordergründig gewesen war. Und am Ende würde sie dann ihn töten, um alle Spuren der Verbrechen zu verwischen. Er war ihr in die Falle gegangen, und der einzige Ausweg bestand darin, sich dieses Teufels im Engelsgewand zu entledigen. Unruhig irrte sein Blick durch den Raum und blieb an einem Messer haften. Mit einem Satz hob er es vom Boden auf und stürzte damit auf Nadya zu.

"Bist du verrückt geworden", schrie diese panisch vor Angst. "Wirf das Messer weg!"

Hamid lachte laut. "Komme her, mein süßer Engel!" sagte er drohend. "Ich möchte dir einen letzten Kuß auf die Brust drücken, damit du ruhig und zufrieden schlafen kannst." Hamid war nicht mehr Herr seiner Sinne, in seinem Wahn hatte er vollkommen die Kontrolle verloren.

"Hilfe! Hilfe!" schrie Nadya so laut sie irgend konnte. "Hört mich, ihr Leute, Hamid will mich umbringen!"

Mit einer schnellen Bewegung bohrte Hamid ihr das Messer in die Brust. Ein Schwall Blut spritzte ihm entgegen und färbte sein Gesicht und seinen Bart rot. Schwankend sank Nadya zu Boden, blutüberströmt schlug sie mit Armen und Beinen wie ein verendender Vogel. Dann bewegte sie sich nicht mehr. Hamid beugte sich über sie und strich ihr übers Haar. Er hob das Messer auf und schnitt ihren Zopf aus weichem Haar ab.

"Liebe macht blind, Nadya", murmelte er dabei. "Sie verführt die Menschen zu unbedachten Handlungen, läßt sie ohne Bedacht und ohne Rücksicht grausame Taten vollbringen. Dein Mann war das erste Opfer, gestern war es Wahschi, heute bist du es, und bald werde ich an der Reihe sein. Und irgendwann später entgeht auch der Dorfvorsteher, der dich schon so lange liebt, seinem Schicksal nicht. Das ist das Gesetz des Lebens, Nadya."

Irgendwann stand Hamid auf und eilte aus dem Haus. In der einen Hand hielt er das Messer, in der anderen den Zopf aus Nadyas Haar.

"Ich habe Nadya umgebracht, ich habe den Engel

getötet!" rief er dem Dorfvorsteher entgegen, als er vor ihm zum Stehen kam. In seinem Bart und auf seinem Gesicht klebte Blut.

Starr vor Entsetzen über Hamids Anblick bekam es der Dorfvorsteher mit der Angst zu tun. Er riß sich zusammen und herrschte ihn an: "Was ist das für Blut, Hamid? Was soll das Messer in deiner Hand? Und wo ist Nadya?"

Hamid legte den Zopf vor ihn hin. "Alles weitere liegt in deinen Händen", sprach er ergeben. "Hiermit", er zeigte auf das Messer „"habe ich ihren Qualen ein Ende gesetzt und sie von dem blinden Haß befreit, der spätestens in einigen Tagen wie ein Orkan über das Dorf gekommen wäre und alles, was ihr im Wege stand, vernichtet hätte."

Der Dorfvorsteher nahm den Zopf auf und küßte ihn. Er verlor die Selbstbeherrschung, und heiße Tränen tropften auf das Haar der Toten. "Wie hart und grausam das Schicksal zu mir ist! Was werde ich noch erdulden müssen? Gestern wurde mir Wahschi genommen, und heute Nadya!"

Er schluchzte verzweifelt, bis ein anderes Schluchzen an sein Ohr drang. Er hob den Kopf und sah Hamid mit vom Weinen geröteten Augen an. "Warum nur, Hamid, warum?" fragte er ihn mit tränenerstickter Stimme. "Was habe ich dir getan, daß du mich so quälst? Bin ich dir nicht ein guter Chef gewesen? Hast du nicht alles von mir bekommen, was du brauchtest? Was habe ich dir getan, daß du mir so den Dolch in die Brust stößt? Nicht Nadya hast du getötet, sondern mich." Wieder schüttelte ihn heftiges Schluchzen und er jammerte vor sich hin. "Ach Nadya! Mein Engel! Warum hast du mich alleine gelassen, warum hast du mich so traurig gemacht? Wenn du nur wüßtest, wie sehr ich dich liebe."

Urplötzlich erstarb sein Weinen, und ein völlig anderer Ausdruck zeigte sich auf seinem Gesicht. Zorn wallte in ihm auf, so daß er aufstand und Hamid am Kragen packte. "Warum hast du Nadya umgebracht, du mieses Schwein?" Er tobte wie ein Stier. "Los, heraus mit der Sprache!"

"Wie soll ich es dir erklären, mein Herr", Hamid zitterte wie Espenlaub. "Diese Frau ist eine Mörderin, sie hat Wahschi auf dem Gewissen."

"Was sagst du?" fassungslos sah ihn der Dorfvorsteher an. "Nadya hat Wahschi umgebracht?"

"Es ist die Wahrheit, mein Herr. Sie hat mir den Vorschlag gemacht, daß ich ihn töten sollte, während du nicht da warst, und gesagt, daß sie mich dafür heiraten würde. Sie hat mich verführt, bis ich verrückt nach ihr war. Ich war vollständig von meiner Liebe und Leidenschaft besessen, ständig hatte ich ihr Bild vor Augen und sah sonst nichts mehr. Irgendwann dann flüsterte mir der Teufel ein, ich sollte tun, was sie von mir verlangte. Daraufhin ging ich in Wahschis Wachstube, als er schlief, und brachte ihn um." Tränen standen in Hamids Augen, als er fortfuhr. "Ja, ich habe Wahschi mit diesen meinen Händen getötet. Und als du mich heute zu ihr geschickt hast, da verlangte sie, ich sollte dich auch töten."

"Du bist also Wahschis Mörder!" unterbrach ihn der Dorfvorsteher triumphierend.

"Du hast es gerade selbst gestanden, du gemeiner Verräter."

"Ja, ich bin ein Verräter. Und ich rechne nicht mit Vergebung für meinen Verrat."

"Und du weißt, welche Strafe auf Verrat steht?"

"Tod, ja Tod!" Mit diesen Worten stieß sich Hamid das Messer, das er noch immer in der Hand hielt, in den eigenen Leib. Seine Beine versagten den Dienst, er stürzte zu Boden und wälzte sich in seinem Blut. Es dröhnte durch das ganze Haus, als sein Körper zu Boden fiel.

Der Dorfvorsteher trat dem Sterbenden mit den Füßen

in den Leib und spuckte auf ihn. Er zog das Messer aus Hamids Bauch und stieß es ihm in seinem Zorn in den Hals. "Treuloser Verräter", verfluchte er ihn "undankbares Geschöpf, die Wohltat hast du nicht zu würdigen gewußt."

In diesem Moment kam die Frau des Dorfvorstehers herein. Als sie die Leiche sah, fing sie laut an zu rufen: "Hört mich, ihr Leute, hört mich! Noch ein Unglück, noch ein Toter!"

"Schweig!" versuchte der Dorfvorsteher, sie zur Ruhe zu bringen. "Was sollen denn die Leute von uns denken!"

Aber sie war nicht zu beruhigen. Ihr Rufen und Klagen drang hinaus zu den Nachbarn. Verstört kamen sie herbeigelaufen. Wieder einmal standen sie vor dem großen hölzernen Tor und warteten vergeblich, daß es sich öffnete. Ein Mann trat hervor und klopfte kräftig daran. Nach einer Weile trat der Dorfvorsteher heraus. Er war in einer jämmerlichen Verfassung. Verzweifelt versuchte er, etwas zu sagen, aber er konnte sich nicht fassen. Was hätte er auch sagen sollen. Sein Verhängnis war besiegelt. Unheil hatte sein Haus heimgesucht. Würden die Leute etwas daran ändern können? "Bitte geht nach Hause", bat er mit leiser Stimme. "Was hier vorgeht, betrifft nur mich und niemand anders."

"Wir sind deine Leute", warf ein Mann ein, "was dich berührt, berührt auch uns."

"Bitte tut, um was ich euch gebeten habe! Geht nach Hause!" gab der Dorfvorsteher zurück.

Er ging zurück ins Haus und schloß die große Holztür hinter sich. Sie knarrte in den Angeln, und wer genau hinhörte, konnte meinen, ein Mensch röchele in den letzten Zügen.

Der Invasionsplan

Wochen war es nun schon her, daß die uns bekannten Ereignisse für Unruhe im Dorf der Verrückten gesorgt hatten, und die Lage hatte sich ein wenig beruhigt. Nur noch gelegentlich brachten die Einwohner die Rede auf jene Vorfälle, beherrschendes Gesprächsthema war nunmehr die fortschreitende Verschärfung der Kriegshandlungen zwischen den Städten der Allianz und der Stadt X. Mit äußerster Sorge verfolgte man im Dorf die jüngsten Entwicklungen. Informationen besagten, Herr M., einer der geistigen Köpfe der Stadt X, sei von Agenten der Allianz umgebracht worden, nachdem man Briefe entdeckt habe, in denen er sich an zahlreiche führende Persönlichkeiten in den anderen Städten gewandt und sie zum Widerstand aufgerufen hatte. Im Gegenzug waren drei Kommandanten aus dem Oberkommando der alliierten Städte im Auftrag von Sympathisanten der Stadt X ermordet worden. Die Lage spitzte sich immer weiter zu, und das Risiko, die Auseinandersetzung könnte sich auf bislang nicht betroffene Gebiete ausdehnen, wurde zunehmend größer.

Jede neue Nachricht versetzte die Dorfbewohner in noch größere Besorgnis, sie selbst könnten in allernächster Zukunft zu den Opfern gehören. Sie fühlten sich vor einem Angriff nicht mehr sicher, wenn das Oberkommando der Allianz sich dazu gezwungen sah, das Gebiet, in dem das Dorf lag, mit seiner Armee zu durchqueren. Es wäre nicht das erste Mal, daß Begriffe wie Neutralität und Nichteinmischung in die inneren Angelegenheiten anderer Städte im Angesicht der Gewalt ihre Bedeutung verloren.

Während sich in den Herzen der Dorfbewohner immer tiefer die Angst vor einem Einfal der alliierten Truppen in ihr Dorf einnistete, begann man beim Oberkommando in der Tat mit den Vorbereitungen für einen Invasionsplan ins Dorf der Verrückten. Auf der jüngsten Generalstabsversammlung waren die Berichte verlesen worden, die Said und Hauasin über die Lage im Dorf verfaßt hatten. Das Oberkommando wußte durch die Tätigkeit der Spione, daß die beiden Männer, die im Dienst des Dorfvorstehers standen, einander ausgelöscht hatten und daß im Dorf Unruhe und düstere Vorahnungen das Stimmungsbild beherrschten. Die Position des Dorfvorstehers selbst war nur noch schwach, und ohne seinen Wächter Wahschi besaß er nur wenig Durchsetzungskraft. Er hatte sich von der Verzweiflung übermannen lassen und angefangen zu trinken. Wann immer jemand ihn antraf, tagsüber oder des nachts, war er betrunken und trauerte mit Tränen in den Augen und weinerlicher Stimme Wahschi nach. An seiner Seite war nun ständig Baha', der Kaufmann, zu finden, der unter Ausnutzung der Lage geschickt zum zweiten Mann im Dorf aufgestiegen war, nachdem der Dorfvorsteher ihm nichts mehr entgegenzusetzen hatte und auch Wahschi und Hamid, die nun unter der Erde begraben lagen, kein Hindernis mehr bildeten.

Wie es im einzelnen und im allgemeinen im Dorf aussah, war dem Oberkommando der alliierten Städte genauestens bekannt. Auf einer im großen Rahmen organisierten Konferenz, an der auch die beiden Spione Said und Hauasin teilnahmen, machte der General der ersten Brigade den Vorschlag, anstatt eines plötzlichen Einmarsches in das Dorf der militärischen Invasion eine psychologisch genau durchdachte Propaganda - Kampagne vorausgehen zu Iassen, um zu erreichen, daß die Dorfbewohner die Ankunft der Streitkräfte begrüßten. Der General der vierten Brigade brachte dagegen einen Einwand vor:

"Ich kann mir nicht vorstellen, daß sich die Dorfbewohner je über die Einnahme ihres Gebiets durch unsere Truppen freuen werden. Immerhin haben unzählige von ihnen in der Vergangenheit für die Verteidigung dieser Gebiete ihr Leben geopfert. Die Sache leuchtet mir nicht ein."

"Man muß nur dafür sorgen", gab ihm der General der ersten Brigade zur Antwort, "daß die psychische Verfassung der Leute im Dorf tief genug sinkt, weil zum Beispiel hier und da ein Getreidespeicher abbrennt, oder weil Fremde, die natürlich wir dorthinschicken, Einheimische überfallen. Niemand im Dorf wird sich mehr sicher fühlen, und der Dorfvorsteher bekommt die Lage bestimmt nicht in den Griff, dazu sind er und seine Position viel zu schwach. Und das ist dann der Punkt, an dem die Bewohner dankbar dafür sind, wenn von außen jemand kommt, der in der Lage ist, Ruhe und Ordnung wiederherzustellen."

"Und Sie meinen", warf der General der dritten Brigade ein, "die Leute glauben uns dann ohne weiteres, daß wir nur deshalb gekommen sind und keine anderen Absichten haben?"

Da lachte der General der ersten Brigade laut heraus. "Verlassen Sie sich auf ein altes Prinzip, man muß eine Lüge nur oft genug wiederholen, so lange, bis die Leute einem glauben. Und was haltet ihr davon?" wandte er sich dann an Said und Hauasin.

"Sie haben hundertprozentig recht, mein Herr", bestätigte Said, "eine in sich schlüssige, wohlvorbereitete Lüge ist in jedem Fall besser als eine unzusammenhängende Wahrheit und gerade in der Politik besonders wirkungsvoll."

"Wer Propaganda macht, lügt doch automatisch", bemerkte Hauasin grinsend, "sonst funktioniert es nicht. Überall auf der Welt wird zur Zeit gelogen, da wäre es doch dumm, wenn man sich an die Wahrheit halten wollte. Und ausgerechnet die armseligen Gestalten aus der Stadt X haben sich vorgenommen, die Gesetze des Lebens zu ändern, die Politik moralisch zu machen. Das ist ja lächerlich, wann hätte es denn je eine Moral in der Politik gegeben? Die Typen können einem nur leid tun."

Der General der ersten Brigade wurde zornig.

"Schweig, du Dummkopf!", herrschte er Hauasin an, "das soll ja schließlich nicht heißen, daß wir hier Lügner sind und keine Grundsätze haben. Das Gegenteil ist der Fall. Hinter unserem Tun steht die Absicht, die Ordnung in allen Städten aufrechtzuerhalten, und zwar mit allen Mitteln, notfalls auch mit Lügen. Deswegen kann man aber noch lange nicht behaupten, Lügen seien die Grundlage unserer Politik."

"Jawohl", unterstrich der General der zweiten Brigade die Worte seines Kollegen.

"Wir tragen die Verantwortung für die Wahrung der Ordnung in allen Städten. Und wenn diese Phantasten aus der Stadt X im Namen der Gerechtigkeit und der Gleichheit versuchen, das Chaos in die Städte zu tragen und die Machtzentren der zivilisierten Welt aus den Angeln zu heben, dann müssen wir etwas dagegen tun."

"Said und Hauasin, hört mir zu!", meldete sich nun wieder der General der ersten Brigade zu Wort. "Eure Aufgabe ist es nun, alles in eurer Macht Stehende zu tun und keine Gelegenheit zu versäumen, um die Dorfbewohner davon zu überzeugen, daß nur eine starke Hand von außen in der Lage ist, die Sicherheit im Dorf wiederherzustellen. Allerdings müßt ihr solange warten, bis unsere Abteilung für äußere Sicherheit ihre Tätigkeit in dem bezeichneten Gebiet aufnimmt. Ist die Sache klar?"

"Jawohl, jawohl", gaben die beiden unverzüglich zurück, "alles klar!"

Der Oberbefehlshaber der alliierten Truppen fragte die Anwesenden:

"Hat jemand Einwände gegen den Vorschlag des Generals der ersten Brigade vorzubringen?"

Zunächst kam keine Antwort und Stille erfüllte den Raum, dann wurde einhellig die Meinung geäußert, daß Einwände nicht bestünden, daß man jedoch nicht mit Sicherheit Prognosen über den Ausgang des Vorhabens stellen könne. Nur der General der ersten Brigade war sich seiner Sache vollkommen sicher.

Die Zeit verging und der Termin, an dem das Waffengeschäft zwischen dem Dorfvorsteher und dem Abgesandten aus der Stadt X vonstatten gehen sollte, rückte heran. Aber niemand hatte die Waffen bereitgestellt. Dafür hätte nämlich Wahschi sorgen sollen, der die Waffenhändler und Waffenschmuggler kannte, aber der lag nun unter der Erde. Fieberhaft überlegte der Dorfvorsteher, was er dem Gesandten aus der Stadt X sagen sollte, wenn er zum vereinbarten Termin erschien. Seine Hoffnung, die Waffen doch noch aufzutreiben, schwand von Tag zu Tag. Andererseits konnte er es nicht verwinden, daß eine derartige Gelegenheit, schnell zu viel Geld zu kommen, ungenutzt vertan sein sollte. Er ließ nach dem Kaufmann Baha' schicken, der auch unverzüglich kam. Er ging nach wie vor in schwarz, wie seit den unglücklichen Ereignissen im Haus des Dorfvorstehers zwei Monate zuvor, wodurch er demonstrativ sein Beileid für den armen Dorfvorsteher zur Schau trug und sich so bei ihm lieb Kind machte.

"Kannst du mich aus dieser Zwickmühle retten?" fragte der Dorfvorsteher Baha'.

"Was denn für eine Zwickmühle?", erkundigte sich Baha' und strich sich dabei über den Bart.

"Heute ist doch der Termin zur Übergabe der Waffen, hast du das vergessen? Aus der Stadt X ist deshalb ein Gesandter hier, der vor dem Dorf auf mich wartet. Ich habe ihn um eine Frist von zwei Stunden gebeten, dann muß ich ihm eine Antwort geben."

"Wenn jetzt Wahschi da wäre", seufzte Baha', "der hätte sich ausgekannt. Oh Wahschi, was sollen wir nur ohne dich machen?"

"Jetzt ist nicht der richtige Moment, um zu jammern", unterbrach der Dorfvorsteher ihn barsch. "Ich möchte eine klare Antwort, denn ich habe nicht viel Zeit."

Nachdenklich schüttelte Baha' den Kopf. "Es tut mir leid, mein Dorfvorsteher", sprach er dann. "Aber ich kann dir keine Antwort geben. Ich bin Stoff- und Getreidehändler und sonst nichts. Mit Waffen habe ich keinerlei Erfahnng."

Dem Bürgermeister quollen die Augen aus den Höhlen vor Wut. "Als Wahschi noch am Leben war, hast du aber ganz anders gesprochen. Hast du nicht behauptet, du wolltest dich an dem Geschäft beteiligen? Was hast du damals gemeint?"

Baha' war die Situation peinlich, er wußte nicht, was er sagen sollte. Wahschi war es doch gewesen, der die Sache mit dem Waffengeschäft übernommen hatte. "Damit hatte ich gemeint", kam zögernd Baha's Antwort, "ich würde beim Transport behilflich sein."

"Der Dorfvorsteher hatte nur ein verächtliches Lachen für Baha' übrig. "Du, du wolltest die Waffen transportieren, Baha'? Du fürchtest dich ja sogar vor deinem eigenen Schatten!" Lange dachte der Dorfvorsteher über die Sache nach, kam jedoch zu keinem brauchbaren Ergebnis. Auch er hatte sich ganz auf Wahschi verlassen, den Mann mit dem planenden Verstand, der sich mit allem so gut ausgekannt hatte. Im Geiste ließ der Dorfvorsteher die ihm untergebenen Männer vorbeiziehen, einen nach dem anderen, aber es fand sich keiner, der ihm für eine derartige Aufgabe geeignet erschienen wäre.

"Die Sache muß unter uns bleiben, außer Baha' und mir darf niemand, aber auch gar niemand, davon Wind bekommen."

Es war um Mitternacht. Stille legte sich über das Dorf der Verrückten. Eins nach dem anderen erloschen die Lichter hinter den kleinen Fenstern, man begab sich zur Ruhe. Nur eines der Fenster blieb erleuchtet und sandte den sanften Schimmer einer Öllampe hinaus ins weite Dunkel, den leuchtenden Sternen entgegen die am klaren Himmel funkelten. Der Dichter spürte kein Verlangen nach Schlaf. Seine Augen waren auf die helle kleine Lampe geheftet und seine Gedanken waren unterwegs in der unendlichen Weite hinter den weniger hellen Sternen, die für das menschliche Auge kaum mehr wahrnehmbar sind, so weit sind sie entfernt. Plötzlich durchströmte ein Gefühl lauterer Reinheit sein Wesen und seine Seele verwandelte sich auf ihm bislang unbekannte Weise und begann zu fliegen, konnte sich auf einmal von einem Augenblick zum anderen über die Grenzen von Raum und Zeit hinwegsetzen. Wie ein Blitz schoß sie hinaus, durchquerte nacheinander die Pforten der Zeiten bis sie schließlich in die Sphäre der ersten Zeit gelangte. Unwillkürlich stiegen in ihr die ursprünglichen Empfindungen aus der Epoche des Schöpfungsbeginns auf, sie versank in Staunen darüber, wie schön all die Dinge waren, die sich zum ersten Mal einem Blick enthüllten. Unbeschwert heiter strahlte die Erde im Glanz der neuen Schöpfung. Die Lebewesen hatten die Plätze eingenommen, die der Schöpfer ihnen im Schöpfungsplan zugewiesen hatte, die Vögel in den Weiten des Himmels, die Wale und Fische im Wasser, die wilden Tiere in den Wäldern, und so fort. Mulham schwebte über Ebenen, Tälern und Gewässern. Alles gehorchte dem Willen des Schöpfers. Von oben betrachtete Mulham die Erdoberfläche, als er auf einmal gar nicht weit entfernt zwei wuchtige Gestalten wahrnahm. Mulham flog langsam tiefer und ließ sich auf einem kleinen, Hügel nieder. Dann begann er, die beiden Gestalten zu beobachten. Im selben Augenblick vernahm er ein süßes Zwitschern über seinem Kopf. Er blickte nach oben und zwei schöne Vögel zogen über ihm vorüber, ihre Schwingen schlugen in gleichmäßigem Takt auf und nieder, mit melodischer Stimme begrüßten sie den heraufsteigenden Tag. Ein warmer Schwall reinster Freude drang an Mulhams Herz, der ihn alles um ihn herum vergessen ließ und ihn in eine Welt aus Farbe, Licht und leuchtenden Schatten trug, aus deren Mitte helle Töne entsprangen, um von der Geborgenheit und Ungebundenheit des ersten Lebens zu künden. Der Zauber dieser Welt nahm Mulham in seinen Bann und schenkte ihm höchsten Genuß. Ein furchtbares Schreien riß ihn jedoch jäh aus seiner Idylle, er war wieder auf dem Hügel und sah sich um, woher wohl das Geschrei rühren mochte. Da sah er eine der Gestalten, wie sie ausgestreckt auf dem Boden lag und ihre letzten Atemzüge tat. Die andere stand am Kopf ihres Opfers und wartete, bis alles Leben aus ihm gewichen war. Dann wandte sie sich nach Osten und verschwand. Mulham ging zu dem Toten hin und sah sein Gesicht und seinen Körper genau an. Da erkannte er in ihm jenen Menschen, von dem in die alten Schriften berichten, es war Abel, den sein Bruder Kain aus Neid getötet hatte.

In diesem Augenblick erlosch in Mulhams Seele der Zauber des Seins, und die Welt verwandelte sich in seiner Vorstellung in Ruinen, in denen dunkle, unberechenbare Winde ihr Unwesen trieben. Heftige Angst ließ ihn erzittern und er beschloß, die Sphäre der ersten Zeit und des ersten Verbrechens zu verlassen. So durchquerte er die Pforte der ersten Zeit und trat in die Sphäre der zweiten Zeit. Hier war die Welt immer noch schön und hatte von ihrer Unberührtheit noch kaum etwas verloren. Der Dichter begab sich von Ort zu Ort, sein Blick ergötzte sich an der faszinierenden Schönheit der Natur, bis er schließlich an den Fuß eines Berges gelangte. Er sah sich um und erblickte eine kleine Gruppe von Männern, die mit Speeren in der Hand einen Mann und eine Frau verfolgten. Der Mann und die Frau hoben kleine Steine auf und schleuderten sie ihren Verfolgern entgegen. Einige Zeit konnten sie sie so von sich abhalten, aber schließlich waren ihre Kräfte erschöpft und sie mußten sich in der Nähe ihrer Höhle ergeben. Der Mann wurde zu Fall gebracht und an Händen und Füßen mit Hanfseilen gebunden. Dann durchbohrten ihn die Angreifer mit ihren Speeren. Er schrie und rief um Hilfe bis sein Atem erstarb. Die Frau versuchte, sich aus den Händen der Männer zu winden, die sie festhielten. Aber sie hatte keine Chance gegen diese Horde mit ihren Speeren, sie war ja nur eine schwache Frau und ohne Waffe. Nur allzu schnell hatten sie den ersten Teil des Verbrechens vollbracht, damit nun der zweite Teil beginnen konnte. Sie stießen die Frau zu Boden. Die Ärmste schrie in den höchsten Tönen, und die Berge sandten das Echo ihrer Angst zurück. Die Männer machten sich über sie her, um sie zu vergewaltigen. Sie hielt sie mit Händen und Füßen von sich ab, bis sie keine Kraft mehr hatte und den Widerstand aufgeben mußte. Die menschliche Würde war so mißachtet worden, nachdem zuvor der Respekt vor dem menschlichen Leben zerstört worden war.

Mulham war starr vor Schrecken über die abscheulichen Dinge, die er mitangesehen hatte, und dachte bei sich, daß die zweite Zeit viel schlimmer als die erste war. Aus seinem Innern sprach daraufhin eine Stimme zu ihm: "Noch hast du nichts gesehen, Mulham, das sind immer noch die glücklichen Zeiten, es kommt noch viel schlimmer."

Ziellos zog die Seele des Dichters nun durch die Zeiten, bis er eine Sphäre erreichte, die der gegenwärtigen schon sehr nahe war. Er sah sich um und stellte fest, daß die Welt sich stark verändert hatte. Die Menschen hatten die Höhlen verlassen und sich in Gruppen nach Westen und Osten über die ganze Welt verteilt. Sie brachen Steine aus den Bergen zerschlugen sie und bauten daraus gewaltige Burgen und Festungen. So entstanden die Städte mit ihren Regierungen.

Auf seinem Weg kam der Dichter durch zahlreiche verschiedene Städte und stellte zu seiner Verwunderung fest, wie groß die Unterschiede zwischen ihnen waren, die einen maßlos reich und andere wiederum elend und arm, die einen im Rausch der Tyrannei, die anderen schwach und gedemütigt.

"Was ich hier vorfinde", sprach der Dichter zu sich selbst, "ist dieselbe alte Spaltung der Welt, dieselbe Not, die immer noch herrscht." Seine Seele flog weiter und ließ sich am Ende ihrer Reise auf einem zerstörten Mauerrest nieder. Blankes Entsetzen stieg in ihr auf, als sie den schrecklichen Anblick von menschlichen Körpern gewahrte, die man den wilden Tieren und Aasvögeln zum Fraß einfach hatte liegenlassen. Häuser standen da, die von ihren Bewohnern verlassen worden waren, in denen die Stille des Todes Einzug gehalten hatte.

"Was für eine elende Stadt", sprach der Dichter erneut zu sich selbst, "die Tyrannei hat keine Spur von Leben mehr übriggelassen. Dieses Bild erzählt uns beredt davon, wie die Wirklichkeit in den Städten aussieht, in denen der Krieg mit seinem Wahn haust. Ich werde die Städte verlassen und aufs Land in die Dörfer gehen. Vielleicht gibt es dort noch Hoffnung."

Einen Wimpernschlag später befand er sich auf einer weiten Ebene. Neugierig sah er in die Ferne und nahm in einiger Entfernung eine Gruppe von Menschen wahr. Es hatte den Anschein, als kämen sie auf ihn zu, so daß er sich nicht weit von einer Stelle versteckte, an der sie wahrscheinlich vorbeikommen würden, damit er sie beobachten konnte. Die Schritte kamen näher und näher bis sie schließlich fast bei ihm waren. Er hob den Kopf und spähte aus seinem Versteck hervor. Es waren vier Männer, von denen drei sehr kräftig aussahen. Der vierte war von schmächtiger Gestalt. Mulham beschloß, ihnen nachzugehen, um zu sehen, was sie wohl vorhatten. Stunde um Stunde blieb er ihnen auf den Fersen. Sie waren offensichtlich auf der Jagd und streiften hin und her auf der Suche nach Beute. Aber sie hatten kein Glück. Dann machten sie sich auf den Rückweg. Plötzlich kamen die drei kräftigen Gefährten auf die Idee, anstatt eines Wildes den schwachen Vierten zu töten und das Fleisch unter sich aufzuteilen. Sie umringten ihn und hinderten ihn am Entkommen. Dann zerrten sie ihn zu einem großen Baum und banden ihn am Stamm fest. Der Ärmste flehte sie an, ihn zu verschonen. Doch ihre Ohren waren taub, weil in ihren Herzen vom Jagdfieber besessene Bestien erwacht waren. Ihre Speere durchbohrten seinen mageren Körper. Mulham spürte jeden Stich an seinem eigenen Leib.

Jäh zerriß in diesem Augenblick ein markerschütternder Schrei die Stille. Er kam aus einem der Häuser im Dorf, und der Wind trug ihn von Wohnstatt zu Wohnstatt bis in Mulhams Gemach, wo der Dichter in seine Betrachtungen versunken war. Er erschrak zutiefst, und fragte sich besorgt, was in aller Welt denn nun schon wieder vorgefallen sein mochte.

Er eilte unverzüglich hinaus und machte sich auf den Weg in die Richtung, aus der er den Schrei vernommen hatte. Draußen sah er andere Männer, die in dieselbe Richtung unterwegs waren. Er beschleunigte seine Schritte, bis er sie erreicht hatte, und schloß sich ihnen an.

Einer wies mit der Hand nach vorne. "Seht ihr dort? Da vorne brennt es!"

Sie eilten in Richtung des Feuers. "Es sieht aus", bemerkte ein anderer ganz außer Atem, "als sei es gerade erst ausgebrochen."

"Ja, irgendetwas stimmt mit diesem Feuer nicht", war ein dritter derselben Meinung.

Während die Männer im Eilschritt auf die Unglücksstelle zueilten, erkannten sie die hochgewachsene Gestalt Dschabirs, des Barbiers, neben dem seine Frau und sein Sohn und eine Reihe Nachbarn standen, denen samt und sonders der blanke Schrecken ins Gesicht geschrieben stand. Sie füllten Wasser in Eimer und versuchten, das Feuer zu löschen, das gerade auf die Ölkrüge übergriff, als die Männer an der Brandstelle eintrafen. Hoch schlugen da die Flammen empor.

Die versammelten Dorfbewohner zogen sich entsetzt ein paar Schritte zurück. Dschabir schrie aus Leibeskräften: "Zu Hilf', ihr Leut', zu Hilfe. Mein Haus brennt ab."

Einige besorgten eiligst Wassereimer und Sandsäcke aus den umliegenden Häusern. Entschlossen kämpften sie Hand in Hand mit allen ihnen zur Verfügung stehenden Mitteln gegen das Feuer. Es erlosch jedoch erst, nachdem ihm alles zum Opfer gefallen und von Haus und Habe nur noch ein Haufen Asche übriggeblieben war. Dschabir und seine Frau hatten allen Lebensmut verloren, und nur der Trost der anderen hinderte sie an einer Verzweiflungstat. Von allen Seiten bot man ihnen Hilfe an, legte ihnen Geduld und Vertrauen auf Gott nahe, den Allmächtigen, der bewahrt, was er will und auslöscht, was er will.

"Wie konnte das passieren, was ist geschehen?", wandte sich einer der Umstehenden an Dschabir.

"Ich weiß es selbst nicht", Dschabirs Stimme war von Tränen erstickt, "glaubt mir, ihr Leute."

"Hast du vielleicht einen Feind, der Interesse daran haben könnte, dir so etwas anzutun?", erkundigte sich einer aus der Menge.

"Hasser und Neider hat ja jeder", gab Dschabir zurück, "aber daß einer so weit gehen könnte, mag ich nicht glauben. Ich wüßte keinen, mit dem ich derartig zerstritten wäre, daß ich ihm eine derartige Tat zutrauen würde. Es ist zwar richtig, daß ich mit einigen Leuten ein paar Meinungsverschiedenheiten habe, aber das ist doch nichts Ungewöhnliches, und anderen geht es genauso. Das ist doch kein Grund für so etwas, ich verstehe es einfach nicht."

"Weißt du noch, Dschabir", wandte sich ein Mann mittleren Alters an den Barbier, "daß wir auch einmal Streit hatten, wir waren sogar schon dabei, einander handgreiflich an den Kragen zu gehen. Und dann haben wir uns nach einiger Zeit wieder geeinigt und versöhnt, und heute ist die Sache vergessen. Ich habe dich seither besucht, und beim zweiten Mal hast du mir sogar ein Gedicht vorgelesen."

"Mach dir keine Sorgen, mein Guter", gab Dschabir zurück, "wenn wir uns hier solche Fragen stellen, dann bezieht sich das nicht auf dich, du stehst außer Verdacht. Wir brauchen darüber hier gar nicht zu reden."

"Sei unbesorgt, Dschabir", meldete sich Mulham zu Wort, "es wird nicht lange dauern, dann wissen wir, wer es war. Die Wahrheit kommt zuletzt doch ans Licht."

Ein gesetzter Mann aus der Umgebung erwiderte darauf: "Es könnte ja auch sein, daß sich der Täter stellt. Mach dir keine Sorgen, Dschabir, von jetzt an wohnst du mit deiner Familie bei mir, mein Haus ist groß und ich wohne ganz alleine dort, ich habe weder Frau noch Kinder."

"Das ist wirklich nett von dir", Dschabirs Stimme klang weich vor Rührung, "das werde ich dir bis an mein Lebensende nicht vergessen." Er warf einen letzten Blick auf sein Haus, wandte sich dann um zu Frau und Kind, die unter Schluchzen und Tränen vor den verbrannten Resten ihres Hauses standen. Dschabir wollte etwas sagen, doch dann mußte auch er wieder weinen und die Worte blieben ihm im Hals stecken. Die Männer nahmen ihn in ihre Mitte und sprachend begütigend auf ihn ein, er solle nur Geduld haben und nicht verzweifeln.

Noch vor Tagesanbruch verließ die Menge gesenkten Hauptes und schweigend wie ein Trauerzug den Unglücksort. Was vor dem Feuer gerettet worden war, nahmen sie mit. Unterwegs gingen sie in verschiedene Richtungen auseinander, so daß nur noch eine Handvoll Männer schließlich Dschabir und seiner Familie das Wenige, was von ihrer Habe gerettet worden war, in das Haus nachtrugen, in dem sie künftig wohnen würden.

Die Nachricht von dem Brand verbreitete sich am folgenden Tag in Windeseile durch das ganze Dorf. Jedoch sorgte noch ein anderer Vorfall für Aufregung und Verunsicherung unter den Dorfbewohnern. Man hatte am Fuß eines der Berge, die das Dorf umgaben, einen Hirten tot aufgefunden. Er lag auf dem Gesicht inmitten seiner Schafe, die ebenso reglos wie er auf dem Boden lagen, von den Kugeln des Verbrechers dahingestreckt. Die Dorfbewohner rannten allesamt zum Ort des Verbrechens und trauten ihren Augen nicht. Sie konnten nicht glauben, daß so etwas Abscheuliches geschehen sein sollte.

"Warum um Himmels Willen auch noch die Schafe?", fragte man sich bestürzt "die haben doch wirklich niemand etwas zuleide getan."

"Ich verstehe schon seit einiger Zeit nicht mehr, was hier im Dorf eigentlich gespielt wird, mir kommt das alles so rätselhaft vor", ließ sich einer der Anwesenden vernehmen.

"Das ist eindeutig Sabotage!", war ein anderer überzeugt.

In diesem Augenblick traf der Dorfvorsteher ein. Die Männer traten zur Seite, um ihm den Weg freizumachen. Er blickte lange auf die tragische Szene, schüttelte den

Kopf und meinte dann: "Jetzt verstehe ich überhaupt nichts mehr."

Daß sämtliche Dorfbewohner draußen am Berg zusammengelaufen waren, kam den Saboteuren gelegen. Sie setzten die Häuser in Brand und töteten das Vieh. Und als die Dorfbewohner mit dem toten Hirten ins Dorf zurückkehrten, bemerkten sie mit Schrecken, was dort vor sich ging.

Flammen schlugen empor und dichter Rauch verdunkelte den Himmel. Betroffen sahen sie einander an, keiner brachte in diesem Augenblick ein Wort heraus. Zu unfaßbar war ihnen der Anblick der brennenden Häuser.

Vor Angst zitternd stotterte schließlich Baha', der Kaufmann: "Das Unglück hat die Stadt überkommen, Herr Dorfvorsteher."

"Schweig', du Feigling", wies ihn der Dorfvorsteher zurecht, "jetzt ist nicht der richtige Augenblick, um zu jammern. Söhne des Dorfes", wandte er sich dann an die Dorfbewohner, "der Feind ist über euer Dorf hergefallen und hat die Häuser in Brand gesetzt. Jetzt ist es an euch, mutig euer Eigentum und euer Leben zu verteidigen. Wir haben keine andere Wahl mehr, wir müssen jetzt kämpfen."

"Ich bitte darum, verehrter Herr Dorfvorsteher", meldete sich einer der Flüchtlinge zu Wort, "im Namen aller im Dorf der Verrückten anwesenden Flüchtlinge mitteilen zu dürfen, daß auch wir bereit sind an vorderster Front gegen den Feind kämpfen wollen."

"Ihr habt euch uns anvertraut", entgegenete der Dorfvorsteher und klopfte ihm auf die Schulter, "und wir haben die Verantwortung für euren Schutz übernommen. Für die Verteidigung des Dorfes sind die Söhne des Dorfes zuständig. Wenn ihr jedoch entschlossen seid, uns bei der Erfüllung unserer Pflicht zu unterstützten, dann seid ihr zwar herzlich willkommen, müßt jedoch in den hinteren Linien kämpfen und uns den Rücken gegen Angriffe von hinten decken."

Nun eilte man zurück zu den lichterloh brennenden Häusern. Die Bewohner liefen um die Häuser herum, sahen sich zornentbrannt in alle Richtungen um, wo die Feinde wohl stecken mochten, aber niemand war zu sehen.

Die Brände waren so stark, daß keiner mehr in sein Haus zurückkonnte, um wenigstens etwas zu retten. Verzweifelt schrien einige Frauen auf, weil sie ihre Kinder schlafend zurückgelassen hatten. Einige Männer warfen sich furchtlos in die Feuersbrunst, um alsbald mit brennenden Kleidern wie lebendige Fackeln wieder herauszutaumeln. Schreiend vor Schmerz warfen sie sich auf den Boden und wälzten sich im Staub, um die Flammen zu ersticken. Freunde eilten herzu und warfen Sand über die brennenden Gefährten, behandelten die Wunden. Manch einer erlag sofort den Verbrennungen, die anderen brachte man ins Haus des Dorfvorstehers, wo ein Notlazarett eingerichtet wurde.

Von nun an war das Leben im Dorf der Verrückten vollkommen verändert und es sollte nie wieder so werden wie zuvor. Die Menschen spürten tiefe Angst vor drohender Gefahr.

Der Tod des Dichters

Said und Hauasin waren in diesen Tagen damit beschäftigt, in den Dorfbewohnern Zweifel daran zu
schüren, daß der Dorfvorsteher in der Lage sei, diesen
Sabotageakten wirkungsvoll zu begegnen. Gleichzeitig
sprachen sie davon, daß es notwendig sei, eine Macht von
außerhalb um Hilfe zu bitten, damit es nicht noch schlimmer käme. Wen sie um Hilfe bitten sollten, darauf gingen
Said und Hauasin nicht näher ein, um sich nicht verdächtig zu machen. Es dauerte jedoch nicht lange, als ein Bote
ins Dorf kam und dem Dorfvorsteher eine schriftliche
Botschaft des Oberkommandos der alliierten Städte über-
brachte. Nachdem er den Brief gelesen hatte, ging der
Dorfvorsteher unruhig in seiner Amtsstube auf und ab. Er
war immer noch nicht bei klarem Verstand, hatte sich von
dem letzten Schock noch immer nicht erholt und war deshalb unfähig, eine der Lage angemessene Entscheidung
zu fällen.

Er beschloß, die Sache den Dorfbewohnern zur Entscheidung zu übergeben, sie sollten selbst über ihr
Schicksal bestimmen.

Nachdem er sich zu diesem Entschluß durchgerungen
hatte, ging er hinaus auf den Dorfplatz und forderte die
Männer, die er dort traf auf, unverzüglich alle Dorfbewohner ohne Ausnahme auf dem Platz zusammenzuru-
fen. Gehorsam kamen seine Untergebenen herbei, in der
Hoffnung auf tröstende Worte.

Sie richteten erwartungsvoll ihre Blicke auf den Dorfvorsteher, der mit geschwollenen Augen und blassem Gesicht vor ihnen stand und sie ratlos ansah. Er sah auf das
Blatt Papier in seiner linken Hand und fragte dann:

"Wißt ihr, warum ich euch hier zusammengerufen habe?"

"Nein, klang es ihm wie aus einem Munde entgegen.

"Diesen Brief hier in meiner Hand habe ich heute morgen vom Oberkommando der alliierten Städte erhalten. Das Oberkommando bringt darin seine Besorgnis und sein Bedauern über die jüngsten Sabotageakte im Dorf zum Ausdruck. Sie bieten an, Truppen zur Unterstützung bei der Suche nach den Tätern zu schicken. Was haltet ihr davon?"

"Wir folgen deinem Rat", gab einer aus der Menge zur Antwort.

"Diese Angelegenheit liegt in euren Händen. Ich möchte, daß ihr darüber entscheidet."

Die Meinungen der Versammelten waren geteilt. Einige waren dafür, andere dagegen, wieder andere äußerten sich nicht dazu.

"Ich sehe, daß die Meinungen darüber auseinandergehen", stellte der Dorfvorsteher fest, "wir wollen also abstimmen und uns in der Entscheidung nach der Mehrheit richten."

Lange sah er die Menge an, schließlich forderte er diejenigen, die das Angebot des Oberkommandos nicht annehmen wollten, auf, vorzutreten und sich auf eine Seite zu stellen. Dann zählte er sie, und es stellte sich heraus, daß die Entscheidung mit geringer Mehrheit zugunsten der Truppen der Allianz ausgefallen war. Der Dorfvorsteher senkte den Kopf, verharrte momentelang in nachdenklichem Schweigen und sprach dann zu den Dorfbewohnern: "Söhne des Dorfs der Verrückten, ich ziehe mich aus der Angelegenheit zurück. Ich meine damit, daß ich keine Resolution zu dem Brief des Oberkommandos abgeben werde, aber ich werde mich in keiner Weise dem entgegensetzen, was ihr als das Beste beschlossen habt."

Daraufhin trat Mulham, der Dichter, aus den Reihen der Dorfbewohner nach vorne und stellte sich wenige Schritte vor dem Dorfvorsteher auf. Er reckte sich zu seiner vollen Größe empor und wandte sich an sein Gegenüber: "Sehr geehrter Herr Dorfvorsteher", sprach er ihn an, "dir wurde die Verantwortung übertragen, du verfügst über die Mittel, die in dieser Sache erforderlich sind. Ich frage dich, mit welcher Begründung entziehst du dich so einfach deiner Pflicht?"

"Ich entziehe mich nicht meiner Pflicht", brachte der Dorfvorsteher aufgeregt vor, "sondern ich war ganz einfach der Meinung, ihr solltet frei über die Sache entscheiden. Ihr habt das ja gewollt, die Forderung nach freier Meinungsäußerung kam doch gerade aus den Reihen der Flüchtlinge, oder etwa nicht?"

"Du täuschst dich, Dorfvorsteher. Die Leute hier waren keineswegs frei, als sie den Beschluß gefaßt haben, sie standen unter Druck und psychologischer Einflußnahme."

"Und wer bitte hat sie beeinflußt und Druck auf sie ausgeübt?" Der Dorfvorsteher packte Mulham am Arm und schüttelte ihn. "Kannst du mir das sagen, du Großsprecher?"

In aller Ruhe nahm der Dichter die Hand des Dorfvorstehers von seinem Arm. "Reg' dich nicht auf", sprach er, "Hör mir lieber zu, bis ich fertig bin. Der ermordete Hirte, das Feuer im Dorf, all das ist Teil der Planung aus einer bestimmten Richtung und zwar aus derselben Richtung, die dir jetzt das Angebot zur militärischen Unterstützung gemacht hat. Sie haben ihre Spione zu uns geschickt, sie wußten, in welcher Verfassung du dich befindest, sie haben die Lage ausgenutzt und unter den Dorfbewohnern Werbung im Sinne ihrer Auftraggeber gemacht. Dahinter steckt die Absicht, das Dorf unter dem Vorwand zu besetzen, man wolle unterstützend bei der Wiederherstellung der Sicherheit mitwirken. Versteh' doch, Dorfvorsteher, dies ist eine Intrige, die gegen uns gesponnen wurde und deren Preis wir alle werden bezahlen müssen."

Der Dorfvorsteher war stark verunsichert und wußte nichts zu entgegnen. Auch er hatte das Gefühl, im Verborgenen sei eine Verschwörung im Gange, die das Dorf der Verrückten um seine Unabhängigkeit bringen wollte, aber er hatte nicht herausbekommen, wer diese Verschwörung angezettelt hatte.

Lange dachte der Dorfvorsteher schweigend über die Sache nach. "Ich kann nicht genau sagen, was zur Zeit in diesem Dorf geschieht. Wenn ich wüßte, wer genau uns Böses will, dann würde ich natürlich keine Sekunde zögern und dem Feind entschlossen entgegentreten, und ich würde alles tun, ganz egal wieviel und wie schwer es ist. Ich kann nicht beurteilen, ob das, was du da gesagt hast, wahr ist oder nicht. Ich kann auf der anderen Seite nicht irgendeinen Menschen oder irgendeine Organisation verdächtigen, ohne konkrete Beweise in der Hand zu haben. Geh' jetzt wieder an deinen Platz zurück, Mulham. Und sei in Zukunft vorsichtig damit, was du sagst, es könnte zu Zwietracht führen, und der Feind wartet ja nur darauf, daß wir uns eine Blöße geben, um uns zu vernichten."

Mulham ging zurück in die Menge. Seine Worte klangen im Ohr des Dorfvorstehers nach, der mit gesenktem Kopf dastand. Plötzlich überkam ihn ein Schwächeanfall, seine Kräfte schwanden und er konnte sich kaum mehr aufrecht halten. "Kümmert euch selbst um die Sache", empfahl er mit schwacher Stimme den Umstehenden. "Wählt einen aus eurer Mitte, der soll euch vertreten und eure Entscheidung dem Oberkommando der alliierten Städte mitteilen. Entschuldigt mich, ich muß ins Haus zurück, ich fühle mich sehr schwach."

Verwirrten Sinnes, mit zerrissener Seele und willenlos stolperte der Dorfvorsteher in sein Haus.

Kaum war er nicht mehr zu sehen, da entbrannte heftiger Streit unter den Dorfbewohnern. Es bildeten sich zwei Parteien, eine, die das Eindringen der Truppen der

Alliierten befürwortete, und eine, die dagegen war.

Hauasin stand auf einer etwas höher gelegenen Stelle und nutzte seine Position sofort aus, indem er mit lauter Stimme über die Köpfe der Anwesenden hinwegrief, daß kein Grund bestehe, sich so zu streiten. "Wir richten uns nach der Mehrheit. So hat es der Dorfvorsteher festgelegt. Was jeder für sich denkt, ist nicht wichtig. Das Allgemeinwohl hat Vorrang vor allen anderen Erwägungen. Wenn es euch recht ist, dann will ich dem Oberkommando die Mehrheitsentscheidung überbringen."

Viele stimmten seinem Vorschlag zu und hatten nichts dagegen einzuwenden.

Voll Verachtung blickte Mulham auf Hauasin. "Komm Tito, wir gehen, jetzt hat sich der Ring der Verschwörung geschlossen."

Wortlos gingen Mulham und Tito davon. Im stillen stellten die Zurückbleibenden sich einige Fragen.

Es dauerte keine zwei Tage, da zeigten sich schon die ersten Einheiten der Streitkräfte der Allianz in der Nähe des Dorfes. Beunruhigt beobachteten die Dorfbewohner ihr Herannahen, und das aus verschiedenen Gründen. Die einen werteten ihr Kommen als militärische Invasion und waren in tiefer Sorge um das Schicksal ihres Dorfes, andere glaubten irrtümlicherweise den Behauptungen, die Truppen seien gekommen, um Sicherheit und Stabilität im Dorf wiederherzustellen.

Mulham befand sich zu diesem Zeitpunkt in seinem Haus. Er war aufgeregt und angespannt. Auf der Suche nach einem Mittel, das ihm wieder zur Ruhe verhelfen konnte, erinnerte er sich an eine Flasche Wein, die Surur ihm zum Abschied geschenkt hatte. Er stand auf und holte sie.

Als er sie jedoch in der Hand hielt, regte sich sein Gewissen.

"Nein Mulham, das ist nicht der richtige Weg", dachte

er bei sich, "du suchst nur einen Weg, um den Schwierigkeiten auszuweichen. Du mußt aber wachsam und vorsichtig sein, fliehen nützt dir nichts. Wenn du den alliierten Truppen mutig entgegentreten willst, dann wirst du
gegen sie kämpfen, und wer kämpfen will, darf nicht betrunken sein."

In einem weiten Bogen schleuderte er die Flasche davon, so daß sie laut an der Wand zerschellte. Von dem
Klirren wachte Tito erschrocken auf und fragte: "Was ist
los, Mulham? Was ist passiert?."

"Nichts ist passiert, gar nichts", gab Mulham mit so-
norer Stimme zurück, "ich habe nur den Teufel an die
Wand geschleudert, und bei dem Aufprall hat er laut geschrien."

"Das hast du gut gemacht, mein Freund", lobte Tito,
als er die Scherben verstreut herumliegen sah.

"Ich gehe jetzt hinaus", meinte Mulham daraufhin,
"ich möchte sehen, was im Dorf los ist."

"Ich gehe jetzt mit dir!", erwiderte Tito.

Als sie aus dem Haus traten, kam eiligen Schritts ein
Mann vorbei. Sie liefen ihm nach. Als sie ihn erreicht
hatten, sprach er ohne lange Vorrede: "Es ist besser, wenn
du nach Hause zurückgehst, Mulham."

"Warum sollte ich das tun?", erkundigte sich Mulham
verwundert.

Die Antwort des Mannes kam stoßweise. "Die Soldaten der alliierten Streitkräfte sind im Dorf und der Kommandant hat nach dir gefragt. Geh' nicht hin, Mulham, sie
haben bestimmt nichts Gutes mit dir im Sinn."

"Sei unbesorgt, Gevatter", gab Mulham lächelnd
zurück, "keinem Menschen stößt etwas zu, es sei denn
das, was ihm vorbestimmt ist."

Mulham und Tito gingen also weiter und kamen bald
an die Stelle, an der sich die Soldaten zusammengefunden hatten. "Dort kommt Mulham, der Dichter, mein

Kommandant", kündigte man ihn an.

"Bleib' du hier bei den Leuten aus dem Dorf", wandte sich Mulham an Tito, "ich will nachsehen, was der Kommandant von mir will?"

Mit festem Schritt ging Mulham auf den Kommandanten zu und blieb wenige Schritte vor ihm stehen. Haßerfüllte Blicke trafen Mulham aus den Augen des Kommandanten. "Du bist also Mulham, der Dichter", fuhr der ihn barsch an.

"Der bin ich, Kommandant."

"Uns ist zu Ohren gekommen, daß du versucht hast, uns und den Plan, den wir zur Wiederherstellung der Sicherheit und zum Schutz der Bevölkerung aufgestellt haben, in den Schmutz zu ziehen."

"Es handelt sich hier nicht um einen Plan zur Aufrechterhaltung der Sicherheit", verkündete Mulham entschlossen, "sondern um einen Invasionsplan, verehrter Kommandant."

"Du bist also mit der Anwesenheit unserer Truppen im Dorf nicht einverstanden?"

"Genau so ist es, ich bin ganz entschieden dagegen."

"Nun möchte ich aber doch wissen, Dichter, wie du als hinzugezogener Flüchtling es wagst, im Namen der eigentlichen Dorfbewohner zu sprechen."

"Ich spreche im Namen der Wahrheit. Als Mensch habe ich die Pflicht, die Wahrheit zu verteidigen, denn die Wahrheit kennt keine Grenzen."

"Da lachte der Kommandant laut auf. "Ihr seid- ich spreche hier von den Flüchtlingen im Dorf der Verrückten- in nichts einig, egal welche Gruppe auch immer, nur eines habt ihr gemeinsam, ihr verbreitet Chaos und destabilisiert die Lage in den Städten der Welt. Und du Mulham, zu welcher Gruppe gehörst du?"

Mulham brachte seine Antwort gesetzt und voller Selbstvertrauen vor. "Ich gehöre zu keiner Gruppe, ich lasse mich von meiner Seele leiten, und die ist erfüllt von dem Verlangen nach der wahren, reinen Freiheit. Ihr lohnt es sich zu folgen."

Damit auch alle Anwesenden es hören konnten, rief der Kommandant mit lauter Stimme: "Du bist ein Terrorist und hast keine Achtung verdient."

In diesem Augenblick erinnerte sich Mulham einer Weissagung, die ihm damals, als er sein Vagabundenleben führte, gemacht worden war.

"Du wirst des Terrors verdächtigt werden, kluger Dichter", hatte die Wahrsagerin ihm prophezeit, "und in einem entlegenen Dorf wirst du eines ungerechten Todes sterben."

Da erhob auch Mulham seine Stimme und schrie dem Kommandanten ins Gesicht.

"Du bist der Terrorist, nicht ich. Ich kämpfe mit Worten, du aber mit Waffen. Nun vergleiche selbst, und du wirst feststellen, daß von Waffe und Wort das Wort niemals terroristisch sein kann."

In diesem Moment zog der Kommandant seinen Revolver und richtete ihn auf Mulhams Brust. Als Tito das sah, stürzte er auf den Kommandanten zu, um ihm die Waffe zu entreißen. "Zurück, zurück da", riefen die Soldaten. Aber er hörte sie nicht und stürmte weiter vor. Da eröffneten sie das Feuer auf ihn und streckten ihn zu Boden.

Sofort danach wurden auch andere Gewehre abgefeuert und mehrere Kugeln trafen Mulham in der Brust.

Die Frauen fingen an zu schreien, die Männer überkam der Zorn, so daß sie nach vorne stürmten, um die Soldaten anzugreifen. Als der Kommandant dies bemerkte, befahl er seinen Soldaten, sie sollten über die Köpfe der Leute hinwegfeuern, um ihnen Angst einzujagen. Die Soldaten feuerten los, und eilends flohen die Leute in ihre Häuser.

Der Kommandant sah noch einmal auf Mulham, der noch schwach atmete. Er beugte sich über ihn und meinte spöttisch zu dem Sterbenden.

"Du hast viel gelitten in deinem Leben, Dichter. Ich möchte wirklich nicht, daß du auch im Tod leidest."

Er legte seinen Revolver an Mulhams Kopf und feuerte ihn ab.

So war mit dem Tod des Dichters auch das endgültige Ende der Unabhängigkeit des Dorfes der Verrückten gekommen. Das Dorf war mit seinem Tod von einer uneinnehmbaren Festung zu einer Bastion für die Streitkräfte der alliierten Städte geworden, die von hier aus ihren Vormarsch auf ihr eigentliches Ziel organisierten, nämlich auf die Stadt X.

ENDE

"Zweierlei Leute gibt es,
die vergebliche Mühe ertragen
und sich mit unnützer Anstrengung plagen:
die einen, welche Schätze gewinnen
und sie nicht verwenden,
die anderen, welche Wissenschaft erwerben
und sie nicht anwenden."

Saadi von Schiras: Aus dem Rosengarten